KB063864

셋이
함께 떠나는
이야기 여행

셋이
함께 떠나는
이야기 여행

펴낸날 초판 1쇄 2015년 2월 1일

지은이 강정주, 김동식, 이동순
펴낸이 서용순
펴낸곳 이지출판

출판등록 1997년 9월 10일 제300-2005-156호
주 소 110-350 서울시 종로구 율곡로6길 36 월드오피스텔 903호
대표전화 02-743-7661 **팩스** 02-743-7621
이메일 easy7661@naver.com
디자인 박성현
인 쇄 (주)꽃피는청춘

ⓒ 2015 강정주, 김동식, 이동순

값 15,000원

ISBN 979-11-5555-027-4 03810

이 도서의 국립중앙도서관 출판예정도서목록(CIP)은 서지정보유통지원시스템 홈페이지(http://seoji.nl.go.kr)와
국가자료공동목록시스템(http://www.nl.go.kr/kolisnet)에서 이용하실 수 있습니다.(CIP제어번호: CIP2015001305)

셋이
함께 떠나는
이야기 여행

강정주 ┃ 김동식 ┃ 이동순

이지출판

셋이 함께 이야기 여행을 떠나며

글을 쓰는 동안 행복하다. 내가 경험하고 생각한 것들을 반추해 본다는 것은 의미 있는 놀이라 생각되기 때문이다. 누가 알겠는가 내가 겪었던 그 시간의 강물을. 그 강을 거슬러 오르며 끝없이 지난 시절과 다시 만나 웃고 때로 운다.

글을 쓰는 동안 어린 시절 내 젊은 엄마의 따뜻한 품에 안기기도 했고, 글을 쓰면서 방황했던 내 청춘의 아픔을 위로받기도 했다. 때로는 여행길에서 만났던 잊을 수 없는 풍경과 사람들이 꿈결같다.

이제 나이 들어 내 아이들도 다 커서 곁을 떠나갔다. 그러나 외롭지 않다. 지나온 걸음보다 앞으로의 갈 길을 생각하는 것이 행복하기에.

문학을 통해 인간적으로 성숙되고 자유롭기를 바라고 있다. 그러나 많이 부족하다. 가야 할 길도 멀다.

아직도 전공분야 연구에 여념 없는 남편과 함께 우리의 갈 길을 다 가고 드디어 바다에 이를 때까지 나의 글쓰기도 계속되었으면 좋겠다. 그리고 좀 더 사랑하고 싶다. 사람을 자연을. 강 정 주

4, 50편의 글을 모아 수필집을 한 권 엮는다는 건 대단한 용기라고 생각했다. 그 용기가 없어 글을 마련해 놓고도 만지작거리고만 있었다. 내 책을 기다리는 이 없고, 받아서 반가워할 사람이 어디 있으랴 하는 우려 때문이었다.

셋이 각각 여남 편의 글을 모아 책 하나를 만들면 어떨까 하는 아이디어에 솔깃했다. 삼분의 일만 용기를 보태면 될 일이고, 부끄러움도 삼분의 이는 덜어 낼 수 있을 것 같았다. 멋있고 이지적인 두 분 여류 틈에 편승한다는 게 남이 부러워할 기회라는 믿음도 한몫했다.

이 삼인집을 계기로 이런 형태의 작품집이 장려되고 환영받는 수필계가 되었으면 하는 주제넘은 바람도 있다. 김 동 식

어느 때부터인가 일상생활에 쪼들리는 나 아닌 또 다른 나를 찾고 싶었다. 그런 갈망은 밥을 푸다가도 길을 가다가도 차를 마시다가도 시도 때도 없이 나를 채찍질했다. 나의 모든 것을 바쳤던 내

꿈나무들이 하나 둘 제 갈 길을 가고부터는 부쩍 심해졌다.

　모든 것을 잃어버린 듯한 허전함에 심한 허기를 느꼈다. 무엇이든 채워야 했다. 여러 가지 씨앗들 중 유난히 반짝이는 씨앗 하나를 골라 심었다. 정성을 쏟았다. 싹이 텄다. 내 미약한 체온으로나마 열심히 가꾸었다. 그것이 어느 날 한 그루의 나무가 되어 내 앞에 서 있는 것이 아닌가. 가지에는 몇 알의 열매까지 달고서. 그건 수필이란 열매였다. 설익은 열매라 선뜻 내놓기가 부끄러웠다.

　하지만 두 분 문우님을 만나 세상에 내놓을 용기를 갖게 되었다. 조심스럽다. 그러나 읽는 분들에게 작지만 맛있는 열매였으면 하는 바람을 가져본다. 이 동 순

■■■ **차례**

이
동
순

강
정
주 ...

채옥이가 있는 풍경

어렸을 때를 생각하면 항상 그 갈피에 끼어 있는 풍
경이 하나 있다. 나무에 기댄 채 노을을 바라보고 서
있는 채옥이 모습이다.

우리 동네는 작은 언덕에 있었는데 윗동네로 올라가면 바로 공
중변소가 있었고, 그 옆에 커다란 포플러가 있었다. 그 애는 해질
녘이면 집에서 나왔다. 뇌성마비로 몸이 부자연스러웠는데, 내 또
래거나 조금 위였으리라 짐작된다. 우리가 줄넘기라도 하고 있을
때면 채옥이는 마치 다른 세상에 살고 있는 사람처럼 우리를 쳐다
보지도 않고, 혼자 포플러나무에 기대어 서 있다가 사라지곤 했다.

함께 놀지도 않은 채옥이를 지금까지 기억하고 있는 것은 일기
장 때문이다. 나에게 처음 일기장이 생긴 것은 중학교 2학년도 다
끝나가던 무렵이다. 크리스마스이브 교회 중등부 모임에서 선물

교환 시간에 받은 것이었다.

살다 보면 우연히 일어난 일이 그 사람의 생애에 영향을 미치기도 한다. 난 그 일기장을 받고 새해가 되면서 일기를 쓰기 시작했다. 표지에 밀레의 '만종'이 인쇄되어 있는 1964년도 일기장. 그 빛바랜 일기장이 지금도 내 서랍 안에 있다. 그 시절 나는 별일이 아니어도 편지를 써서 빨간 우체통에 넣고 며칠이고 친구의 답장을 기다리던 사춘기 소녀였다. 무엇이라도 가득 써 놓았던 일기장. 가끔, 아주 가끔이지만 일기장 어느 구석엔가 채옥이가 들어 있었다. 아득한 한 컷의 실루엣처럼.

모두 가난하던 시절, 나는 막내였기에 겪어야 할 고충도 많았다. 중학교에 입학했어도 새 교복을 입어 보지 못했다. 언니가 입던 교복을 뒤집어 다시 바느질해 입고 다녔다. 소위 일본말로 '우라까이'였다. 그런데도 불평 없이 그러려니 했다. 아마도 상황을 긍정적으로 받아들이는 성격 때문인 듯하다.

비가 오는 어느 날 큰언니의 꽃무늬 우산이 탐나 몰래 쓰고 달아나다 들켰다. 나는 급하게 언덕 위의 공중변소 쪽으로 도망갔다. 가끔 채옥이가 나와서 망연히 서쪽 하늘 한 곳을 바라보던 그곳. 노을이 지는 저녁때도 아닌데 그 애가 오래전부터 기다리기라도 한 듯 있었다.

"야, 너 거기 서!"

쫓아오던 언니의 다급한 목소리와 빙긋 웃으며 나를 바라보던 채옥이의 모습이 지금도 가물가물 생각난다.

어렸을 때는 겨울이 왜 그리 추웠는지. 아침이면 머리맡에 놓아 두었던 자리끼가 종종 얼어붙었다. 엄마는 우리가 잠자리에 들 때면 미리 연탄불 위에 얹어 두었던 뜨거워진 벽돌을 수건에 둘둘 말아서 우리 발밑에 놓아 주셨다. 우리는 차가운 이불 속으로 들어가 따뜻한 벽돌에 발을 녹였고, 몸이 따뜻해질 때쯤 잠이 들었다. 가끔 잠이 들려 할 때 밖에서 닭들의 비명소리가 들리기도 했다.

그 닭들은 봄에 친구들과 병아리 때부터 기르던 것이었다. 동네 건너편에는 배추밭이 있었는데, 밭주인은 배추를 뽑아 다듬으면서 겉장들은 길 곁에 버리고 갔다. 우리는 그것을 주워 오거나 아카시 잎을 따와 사료에 버무려 주며 병아리를 길렀다. 고놈들이 자라 알을 낳고 어리에서 나와 닭장으로 들어갈 때쯤이면 계절이 바뀌어 날이 추워졌다. 동네에선 밤만 되면 닭이 한 마리씩 없어진다는 소문이 들렸다. 언니들 중 누구 하나가 외쳤다.

"닭 도둑인가 봐. 빨리 나가 봐!"

그러나 서로 미루기만 하고 아무도 나가지 않았다.

"에이, 다 잡아가라. 다 잡아가."

다음 날 아침 나가 보면 딱 한 마리가 없어졌다. 누군가가 한 마리씩 잡아간 것이리라. 다음 날 학교에 다녀와서 친구들과 모이면 지난밤에 닭이 없어졌다고 시끌시끌했다. 그때도 멀리 떨어진 곳에 채옥이는 검정 실루엣처럼 혼자 말없이 서 있었다.

우린 온 동네를 무대 삼아 놀았다. 도둑놈 잡기 놀이를 할 때 나는 술래에게 잡힐까 봐 꽃밭 속에 들어가 숨기를 잘했다. 아늑하고 부드러운 향기를 맡으며 시간이 얼마나 지났는지도 모르고 담벼락에 기대어 앉아 있곤 했다. 기어 다니는 개미를 눈으로 쫓다가 개미집을 발견하기도 하고, 바로 내 눈앞에서 꽃에 내려앉는 나비를 관찰하기도 하였다.

하루는 놀이를 하다가 숨어든 꽃밭의 향기에 취해 거기에 정신을 빼앗기고 있었다.

"거기서 뭐해?"

약간 더듬는 말소리가 들리더니, 웬 커다란 얼굴이 갑자기 꽃밭 속으로 비집고 들어왔다. 화들짝 놀라 정신을 차리니 채옥이였다.

"아이, 깜짝이야!"

나는 놀란 가슴을 쓰다듬으며 꽃밭에서 뛰어나왔다. 몸을 비틀며 못 참겠다는 듯이 채옥이가 웃고 있었다. 나도 멋쩍게 웃는 것 외에 아무 말도 할 수 없었다. 나는 얼른 아이들을 찾아 나섰다. 그 시절 누구도 상대해 주지 않던 채옥이의 외로움을 그때는 알 수 없었다. 포플러나무에 기대어 혼자 노을 진 하늘을 바라보곤 하던 채옥이를 지금에서야 가끔 다시 만나 말을 붙여 본다. 어느

덧 나도 어린 소녀가 되어서 말이다.

"채옥아, 들어와 봐. 꽃향기가 너무 좋아."

채옥이는 꽃밭 속으로 들어와 내 옆에 앉는다. 나를 보며 처음으로 환하게 웃는 그 애의 천진한 모습.

내 소녀 시절, 어느 기억의 갈피에 끼어든 채옥이의 모습은 인간의 외로움에 대한 상징처럼 세월 따라 조금씩 더 선명해지곤 한다. 모든 세부 묘사가 지워진 내 안에 있는 한 장의 슬픈 실루엣처럼.

풍경으로 남은 사람

서래섬. 지금은 사람들이 많이 찾는 곳이다. 그러나 내가 자전거에 빠져 살던 그때만 해도 쓸쓸한 섬이었다. 강남 반포의 자전거 도로변, 도회의 소음이 딴 세상의 것처럼 멀리 느껴지는 한적한 곳. 그 섬엔 두 개의 작은 다리가 있다. 나는 가끔 그곳의 고요가 좋아서 자전거를 타고 가곤 했다.

그날도 초가을 싱그런 바람을 맞으며 강변을 따라 섬으로 갔다. 유채밭이 있고 버드나무와 코스모스가 산들대는 곳. 벤치에 누워 유유히 흐르는 강물과 뭉게구름 떠가는 가을 하늘을 보고 있으면 모든 잡념이 사라지곤 했다. 마음이 편안해서였을까. 나는 설핏 잠속으로 빠져들고 있었다.

"풍덩!"

누가 강물에 돌을 던지는지 소리가 들렸다. 잠시 뜸을 들이다가 또 한 번 들렸다. 벤치에서 일어나 강물을 바라보았다. 돌을 던지는 소리가 아니었다. 팔뚝만한 물고기가 철버덕거리며 하늘로 뛰어오르다 떨어지며 내는 소리였다.

순간 인기척을 느꼈다. 그리고 한 남자와 눈이 마주쳤다. 건너편 벤치에 사람이 앉아 있었던 것이다. 언제 와 있었을까. 그 남자도 나처럼 물고기를 바라보고 있었을까? 나의 영역에 불청객이 침입한 기분이었다. 하지만 그 남자는 인상 좋게 미소를 띠고 있었다. 나는 조금 더 머물렀다. 그러나 누가 있다는 사실이 거슬렸다. 집으로 돌아가기 위해 자전거를 돌렸다.

돌아가는 길엔 더욱 속력을 내었다. 두 바퀴로 바람을 가르며 달리는 짜릿함이 기분 좋을 즈음이었다. 뒤에서 말소리가 들렸다.

"벌써 여기까지 왔네요. 따라오느라 힘 좀 썼어요."

돌아다보았다. 아까 그 남자가 웃고 있었다.

"자전거 탄 지 오래되세요?"

"좀 됐어요."

"일주일에 몇 번이나 타세요? 저는 두 번쯤 타러 나오는데…."

깨끗한 라운드 티셔츠를 입은 반듯한 외모. 불량해 보이진 않았다. 우린 긴 강변길을 앞서거니 뒤서거니 달리며 이야기를 나누게 되었다. 어디 구속되는 것이 싫어 자전거 동호회도 가입하지 않고 시간 날 때마다 혼자 타곤 했는데 새로운 경험이었다.

저녁 시간이 되자 노을이 번지기 시작했다. 하늘과 강물은 온통 분홍빛 파스텔 톤으로 물들어가고 있었다. 자전거 타는 사람들도 모두 그 핑크빛 노을을 안고 달려가고 있었다.

"영화 속 풍경 같네요."

"영화 '아메리칸 플라이어' 보셨어요? 캐빈 코스트너 주연인 자전거 영화예요. 답답할 땐 어디론가 죽도록 달리고 싶을 때가 있죠."

그 남자는 생각에 잠긴 듯 먼 곳을 바라보며 말했다.

"저도 바퀴를 굴리고 있으면 살아 있다는 느낌이 들어요."

우리는 오래전부터 알던 사이처럼 자연스럽게 얘기를 나누었다. 아마 얼굴을 마주 보지 않고 함께 풍경 속에 있다는 느낌 때문이었을 것이다.

"한강은 아침 햇살이 번질 때 나와도 좋아요. 은빛 강물이 환상적이거든요."

강변이 시간마다 계절마다 나에게 다른 색깔로 다가왔듯 그 사람도 강변에서 만난 다른 색깔의 풍경처럼 생각되었다. 드디어 잠실이 가까워질 즈음 그가 나를 앞서며 말했다.

"저기 좋은 찻집이 있어요. 차 한잔 하실래요?"

"저 집에 빨리 가 봐야 하는데…. 안녕히 가세요."

잠실 방향으로 향하는 그에게 던지듯 말하고 양재천으로 빠지는 길목으로 들어서 버리고 말았다. 집으로 돌아오는 동안 후회했다. 차 한잔쯤 마셔도 좋았을 텐데 그렇게 하지 못했다. 실은 양재천이 가까워지며 머릿속으로 몇 번 망설이긴 했다. 그러나 여기에 어떤 관계를 더 보태면 그 멋진 풍경이 그만 망가져 버릴 것 같았다.

그 후 계절이 바뀌었고 나는 서래섬을 몇 번 더 갔다. 어느 날 섬에 가니 잘 갈아엎어 놓은 유채밭에 새들이 날아와 무언가 쪼아 먹고 있었다. 한 아주머니가 이리저리 새들을 쫓아내며 혼자 중얼거렸다.

"니들이 씨를 다 먹어 버리면 내년에 유채가 어찌 싹을 틔우겠니…."

벤치에 앉아 가지고 간 책을 펼쳤다. 그리고 무심히 건너편 벤치를 바라보았다. 깜짝 놀랐다. 그 남자가 앉아 있는 것이 아닌가. 예전처럼 군청색의 깔끔한 라운드 티셔츠를 입고 강물을 바라보고 있었다. 가슴이 두근거렸다. 커피 한잔 하자고 하면 이번엔 거절하지 말아야지. 심호흡을 하고 기다렸다.

이윽고 그가 나에게로 눈을 돌렸다. 그런데 그 남자가 아니다. 무심한 표정으로 나를 건너다보고 있는 사람은 처음 보는 초로의 주름진 얼굴이었다.

네 자매의 꽃밭

얼마 전 부산에 사는 큰언니가 서울에 왔다. 네 자매는 오랜만에 가까운 곳으로 여행을 하며 옛날이야기에 시간 가는 줄 몰랐다.

"너네들 우리 집 꽃밭 기억나니? 엄마는 하여튼 꽃 되게 좋아했는데."

저녁 식사 후 둘러앉아 언니들은 기억을 더듬기 시작했다. 어려웠던 시절이었는데도 우리 집엔 꽃이 많았다. 줄을 따라 나팔꽃도 피었고 마당 평상 위로는 하얀 박꽃도 피어났다. 그 어릴 적 많이 보던 과꽃의 보랏빛 또는 진분홍의 선명한 색깔은 지금도 나를 설레게 한다. 채송화나 분꽃의 새까만 씨앗들은 내 작은 손바닥 안에서 보석처럼 빛나는 동화가 되었다.

엄마는 딸들이 꽃처럼 예쁘게 자라기를 바랐을 것이었다. 1·4

후퇴 때 목숨 걸고 임진강을 건너와 우여곡절을 다 견디며 살아남 았으니.

큰언니가 말했다.

"얘, 일월에 그 차가운 임진강을 건넜어. 니들 기억나니?"

"엄마가 막내 너를 업고, 셋째 너는 오빠가 업었어야."

둘째언니는 눈을 껌벅이더니 한마디 거든다.

"내가 물살에 떠내려갈까 봐 언니 손을 얼마나 꽉 잡았는지 몰라."

"강을 다 건너니 피난민들이 화톳불을 피워 났어야. 몸 좀 녹이라구."

그때의 기억이 가장 확실한 큰언니는 신이 난 듯 얘기를 풀어 놓았다. 엄마도 오빠도 돌아가시고 이제 네 자매만 남아, 피난 오던 얘기와 어린 시절 얘기를 하며 밤을 보냈다.

내 어릴 적 엄마는 라일락을 집 주변에 많이 심어 놓았다. 봄 밤 창문을 열면 그 향기가 방안으로 가득했다. 이런 날 오빠는 언니들에게 노래를 시켰다.

"등불을 끄고 자려 하니 휘영청 창문이 밝으오~."

언니의 노랫소리는 라일락 향기를 타고 창밖으로 퍼져 나갔다.

큰언니는 이번 여행을 위해 악보를 준비해 왔다. 어렸을 때 우리 자매들이 교회에서 부르던 사중창을 다시 해 보자고. 나는 하모니카를 준비해 와서 흥을 돋우었다. 그러나 이제 나이 들어 첫째언니도 둘째언니도 그때의 낭랑하고 고운 목소리는 아니었다.

그 옛날 언젠가 가족들이 집에서 성탄 예배를 드리고 있을 때였다. 언니들은 항상 화음을 넣어 불렀다.

"천사 찬송하기를 거룩하신 구주께…."

우리가 부르는 찬송가에 맞춰 창밖에서 누군가 함께 부르는 소리가 들렸다. 우리는 놀라서 창문을 열었다. 군에 있을 줄 알았던 오빠가 환하게 웃으며 창밖에 서 있는 것이 아닌가. 제대를 하고 몰래 집으로 달려왔던 것이다. 그런 시절이 있었는데….

프루스트가 차에 곁들인 마들렌의 향으로 과거로의 시간여행을 떠나듯, 난 나이 들어서도 봄만 되면 라일락 향기에 실려 어린 시절의 꽃밭으로 시간여행을 떠나곤 했다.

꽃밭의 꽃처럼 우리 네 자매가 한방에 옹기종기 모여 살 때였다. 나는 초등학생이었고 언니들은 중고등학교를 다니고 있었다. 옛날이야기를 하며 이제 다 늙은 언니들은 다시 어린 시절로 돌아간 듯 화색이 돌았다.

둘째언니가 말했다.

"그때 빚쟁이도 왔다가 우리를 보곤 얼굴 빨개져서 도로 갔잖아."

언젠가 엄마한테 꾸어 준 돈을 받으러 젊은 남자가 집으로 찾아왔다고 한다. 언니들이 깔깔거리며 문을 열어 주자, 얼굴이 빨개진 남자는 놀라서 엄마한테 돈 달라는 얘기도 못 꺼내고 꽁지 빠지게 도망가더란 얘기였다.

한참 웃던 셋째언니가 갑자기 생각난 듯 또 한마디 거든다.

"신문 돌리던 고학생 생각나?"

꽃밭을 지나 부엌문을 열면 우리 네 자매가 사는 방이 있었다. 작은 현관은 짐을 쌓아 놓아 우린 부엌으로 통하는 방문을 사용했다. 그 남자는 옆구리에 신문을 한아름 끼고 우리 집 부엌문을 열었다.

"신문이오!"

그 소리에 언니들은 방문을 열고 활짝 웃어 주었다. 그는 키가 커서 부엌문을 열면 머리가 문에 닿을 듯했는데 멈칫거리며 신문을 내밀었다. 초등학생이던 나는 뛰어나가 공손하게 신문을 받았다. 그는 고등학교에 다니는 고학생이었다. 검정색 교복에 교모를 쓰고 우리 집 부엌문을 열던 남학생. 언니들이 웃어 주면 얼굴이 달아올라 어쩔 줄 모르며 눈을 허공에 두었다가 다시 나에게로 돌리던 그 쑥스러워하던 눈빛을 나는 지금도 기억한다.

우리 집 꽃밭의 아기자기한 꽃들을 보며 문을 열고, 꽃 같은 소녀들과 눈을 맞추고 신문을 주고받던 시간들. 그 고학생은 얼마나 마음이 설레었을까. 언젠가부터 그는 '소년동아일보'를 무료로 나에게 주었다. 그리고 다음 날이면 동생 준다며 내가 다 본 전날

신문을 도로 가져가곤 했다.

'그 고학생 오빠의 동생은 몇 학년일까. 남자일까 여자일까. 신문을 더럽히면 안 될 텐데. 내가 예뻐서 신문을 준 것일까, 언니들이 좋아서 준 것일까.'

나는 어린이 신문을 보며 여러 가지 상상을 하였다. 그러나 지금 생각해 보면 어려웠던 시절에 그런 작은 배려 외에 우리가 나눌 수 있는 무엇이 있었을까. 그 남자도 이제 나이 들어 그 시절을 추억하고 있을까.

우리 네 자매가 자라는 동안 여러 남자가 오고 갔다. 어린 나에게 하모니카를 선물하던 남자. 스케이트를 사주며 언니를 쫓아다니던 남자. 도서관에서 만나 우리 집을 드나들게 된 남자. 그들 중엔 형부가 된 사람도 있다. 나도 자라서 여러 남자와 어울렸으니, 우리 네 자매가 모두 결혼하기까지 얼마나 많은 남자들이 우리 집을 드나들었을까. 가만히 돌이켜보면 엄마는 좋았겠다. 네 딸들이 속 안 썩이고 각자 남자들을 잘 골라왔으니.

오래전 엄마가 키우던 꽃나무들, 네 자매는 이제 그 옛날의 선명한 색깔과 향기를 잃어 가고 있다. 그러나 아직 라일락 향기는 우리 가슴속에 추억의 여운으로 남아 있다.

알 수 없는 그리움

나른한 오후 내 방 라디오에서 음악이 들린다. 신비한 천상의 소리인 듯 까닭 없이 가슴이 메인다. 이 세상에서 아직 다가가 본 적 없는, 그러나 어디엔가 분명 존재할 것 같은 세계. 내가 꿈꾸어 오던 그리움의 본향일까. 나에게 음악은 그리움의 실체이거나 아니면 적어도 그곳에 도달하는 길인지도 모른다.

젊은 시절 헤세의 『데미안』을 읽으며 그런 친구를 그리워했다. 더 높은 세계로 날아갈 수 있게 이끌어 주는 친구를. 그동안 많은 사람과 관계 맺으며 살아왔지만 내면의 깊은 갈망을 채울 수는 없었다. 사람과의 관계는 항상 불완전했고 세월에 의해 변질되고 말았다.

그러나 아직도 나는 꿈을 꾼다. 그리움의 정체조차 모르면서 말이다. 그것은 내가 이룰 수 없었던 막연한 동경이었을까. 알 수 없는 세계에 대한 그리움이었을까. 아니면 내면에서 들려오는 아름다움에 대한 꿈이었을까.

창밖 광교산 너머로 지는 해를 바라보며 한영애의 노래를 듣고 있다. 몽환적인 분위기의 그 목소리는 하늘빛과 잘 어울리며 나른한 오후에 울림을 더하고 있다. 하늘로 새가 날고 있다. 나도 날 수 있을까. 눈을 감고 두 팔을 저어 본다. 어느덧 그리움 따라 산 너머 노을 속으로 날아오른다.

아, 그러나 눈을 뜬 순간 창문 옆 베란다 선반이 눈에 들어온다. 바구니에 담겨 있는 붉은 망 속의 마늘이며 양파가 하늘빛과 묘한 대조를 이루고 있다. 마치 이제 꿈 깨고 현실을 직시하라는 듯. 꿈과 현실은 이렇듯 항상 부조화를 이루고 있다. 내 그리움의 실체가 비현실적이듯.

저녁 산책을 하기 위해 집을 나선다. 다정한 지구마을에 불이 켜지기 시작하면 하늘빛은 점점 더 깊은 청색으로 변해 간다. 어두워 갈수록 자신을 숨기고 주변을 바라볼 수 있다. 내 존재의 호흡을 고스란히 느껴 볼 수도 있다.

밤이 되며 깊어진 하늘 위로 별빛이 흐른다. 공원의 숲과 벤치와 운동기구들, 저 멀리로 아파트의 집집마다 켜진 작은 불빛들. 숲속을 걸으며 하늘을 올려다보면 밤하늘은 얼마나 아름다운지. 멀리

스카이라인 위로 떠오른 교교한 달빛은 예술이다. 아마도 밤 산책이 좋은 건 사물 그대로의 색이 아닌, 어둠에서만 드러나는 색깔을 볼 수 있기 때문인지도 모른다. 감추어져 어디 있는지도 모르다가 가끔 가슴을 쿡쿡 찌르는 그 정체 모를 그리움에 다가설 때처럼.

동네를 산책하다 보면 멀지 않은 곳에 수령 오백 년이 넘은 은행나무가 있다. 세 개의 아름드리 굵은 줄기가 뻗어 올라 온통 하늘을 가리고 있다. 주변의 작은 잡목들이며 꽃나무들은 감히 은행나무의 친구가 될 수 없다. 그냥 그곳에 홀로 우뚝 서 있다. 가슴 아팠던 우리 역사를 고스란히 겪어 내며 그 오랜 생명을 보존하고 있다.

이 은행나무에게 그리움에 대해 묻는다면 무어라 말할까. 그리움은 외로움이라고. 원래 모든 생명체는 외롭게 존재한다는 것. 그리움의 끝은 외롭게 살다가는 모든 존재의 사라진 자리에 있다는 것을. 그렇다. 친구도 가족도 모두 은행나무 옆의 살구나무처럼 서로 다른 꿈을 꾸며 사는 것이다. 어차피 홀로 그리워하고 홀로 살아 낼 뿐이다. 바람이 불어 은행잎이 끄덕이면 풀잎도 꽃잎도 서로 끄덕여 주고 인정해 주면 되는 것이다. 존재론적 외로움.

나는 가끔 꿈속에서 하늘을 나는 도요새가 되기도 하고, 바다를 그리워하는 달팽이가 되기도 한다. 어느 날 가수 이적이 노래한

'달팽이'가 나에게도 속삭이고 있었다.

언젠가 먼 훗날에 저 넓고 거칠은 세상 끝 바다로 갈 거라고
아무도 못 봤지만 기억 속 어딘가 들리는 파도소리 따라서
나는 영원히 갈래

아마도 그리움은 영원을 향한 인간 영혼의 갈망인지도 모른다.

눈이 내린 생 피에르 광장

얼마 전 친구가 호들갑스럽게 전화를 했다.

"강 샘, 내가 K 찾았어. 외국에서 오래 살았더군. 머리 벗겨진 것은 그 나이에 그럴 수도 있지 뭐."

아, 헤어진 지 수십 년이 흘렀지만 내 기억 속의 그와 나는 아직도 현재진행형이었다. 친구가 찾아보라는 인터넷 카페에 들어가 보았다. 화가이고 나이와 이름은 같았다. 그러나 그는 아니었다.

거실에 베토벤의 크로이첼 소나타가 흐르고 있었다. 지금도 내가 K와 함께 이 음악을 듣고 있다면 아마도 내 인생은 참 많이 달라져 있으리라. 이 소나타는 내 청춘의 어느 한 길목에서 많이 들었고, 지금도 이 곡을 들으면 잊을 수 없는 한 시절이 있었다는 사실이 새삼스러울 때가 있다.

수십 년도 더 지난 대학 졸업식 때 사진을 찾아보았다. 그는 나에게 졸업을 축하한다며 사탕으로 만든 꽃바구니를 주었다. 빛바랜 사진 속의 나는 사탕꽃바구니를 들고 환하게 웃고 있고, 그는 내 뒷줄에 군모를 삐딱하게 쓰고 서 있다. 정말 오래전 일이다.

나는 대학에 입학한 후 극동방송에서 윤학원 씨가 진행하는 클래식 음악 프로그램을 자주 들었다. 그는 이 방송을 통해 알게 된 남자다. 가끔 음악을 신청하는 방송 속의 그는 매혹적이었다. 그가 방송국에 보내는 엽서의 아름다운 그림과 멋진 사연에 윤학원 씨도 감동적 멘트를 하곤 했다. '아, 저런 사람이라면 한번 만나보고 싶다' 생각하게 되었고, 2년 후 그 생각은 현실이 되었다.

우리 대학은 3학년이 되어야 비로소 메이데이 축제에 남자 파트너를 참석시킬 수 있었다. 내가 잘 다니던 명동 클래식 다방 '훈목'의 DJ가 대학 4학년생이었다. 나와도 가까웠기에 서로의 친구 5명씩을 모아 축제에 가기로 했다. 그가 말해 준 친구 명단에 K가 있었다. 우여곡절 끝에 그는 예정된 운명처럼 나의 파트너가 되었다. 우리의 첫 만남이 있을 때, 그는 아마추어 테니스대회에 다녀오느라 늦게야 도착한다고 했다. 내가 남겠다고 자청했다. 마른 체구에 하얀 얼굴의 미대생이었다. 연약해 보이지만 카리스마가 있었고 목소리는 조용했지만 사람을 끄는 힘이 있었다.

초록빛이 싱그런 5월의 축제. 금남의 성역에 남자들이 성장을 하고 들어왔다. 파트너와 함께 마음껏 춤도 추고 즐길 수 있기에 친구들은 너도 나도 설레었다. 그러나 다른 친구들과 달리 나는 그와 함께 축제에 갈 수 없었다.

"난 그런 일회용 가면무도회에 갈 수 없습니다."

그가 가라앉은 목소리로 말했다. 나는 자존심이 상했다. 나도 그도 서로에 대한 기대가 있었을 것이다. 그는 한 번 만남으로 끝나기 싫다는 것을 간접적으로 표현한 것이었는데 내 어린 자존심은 그걸 못 참았던 것이다. 일단 축제에 참석한 후 좋으면 더 만날 수도 있지 않은가. 너 없어도 괜찮다는 오기로 나는 다른 짝을 구해 축제에 참석했다.

그러나 우린 음악이나 그림 등 함께 공유할 수 있는 부분이 너무 많았다. 결국 친구들과 어울리며 다시 만나게 되었다. 학교 앞에는 클래식 전문 다방이 많이 있었다. 우리는 거기서 만나 음악을 듣곤 했다. 가끔 탁구도 치고, 학교 코트에서 테니스를 치기도 했다.

그 후 그는 군대를 갔다. 그리고 군대 가기 전 후배에게 맡겨 놓은 화실에서 내가 그림을 그릴 수 있도록 해 주었고, 군에 있는 동안 내 대학 졸업을 축하한다며 다방에서 소품전을 열기도 했다. 졸업과 동시에 나는 서울의 중등교사로 발령받았고, 그는 제대 후 화실에서 그림을 그렸다.

그는 내가 대학 4학년 때 군대를 갔기에 나와 만날 수 있는 날들은 그리 많지 않았다. 그동안 나는 부담 없이 다른 남자들을 만났고 교사가 된 후엔 총각 선생님들과도 재미있게 어울렸다. 그러나 정작 결혼을 생각했을 때 가장 먼저 떠오른 사람이 K였다. 나는 그에게 편지를 썼다. 양복에 나비넥타이를 매고 와서 프러포즈를 해 달라고. 가난한 화가였던 그의 마음을 알고 있었기에 내가 할 수 있는 최선의 방법이었다. 늘 작업복만 입던 그가 멋쟁이 모습으로 나타난 것은 그 후 얼마 지나지 않아서였다.

비가 추적추적 오던 가을 어느 날 그의 화실. 아마 탁자엔 촛불이 켜져 있고 와인도 한 병 있었던 것 같다. 레코드판에서 바이올린과 피아노가 멋진 하모니를 이루며 크로이첼 소나타가 흐르고 있었다. 창밖엔 낙엽이 가을비에 젖어가고 있고. 더할 나위 없는 분위기 속에 우린 서로의 두 손을 잡았다. 그리고 마주 보며 웃었다. 그뿐이었다. 지금 돌이켜보면 그것이 유일한 사건일 수 있었다. 오랜 세월이 지났어도 한 컷의 풍경으로 선명하게 남아 있다.

많은 인연들 중 아름다운 추억으로 남는 것은 세월이 지나야 안다. 6·25사변으로 그도 나도 아버지를 잃었고, 이북에서 엄마 등에 업혀 피난 내려와 서울에서 성장기를 거치며 가슴엔 서로의 슬픔을 감추고 있었다. 도서관이나 들락거리며 독서에 빠져 지내던 외로운 시절이었다. 한동안 함께 했지만 모든 것을 털어 낼 정도로 솔직해 보지도 못한 것 같다.

결국 헤어지게 되었고 나는 지금의 남편을 만나 결혼했다. 그리고 그도 다른 사람을 만나 결혼했다. 그 후 몇 번인가 우리가 잘 다니던 학교 부근에서 우연히 만날 수 있었다. 우린 각자 남이 된 것을 쓸쓸히 인정해야만 했다. 그리고 잊었다.

언젠가 우리도 다른 연인들처럼 나이 사십이 되면 첫눈 오는 날 덕수궁 돌담길에서 만나자고 약속한 적이 있다. 그러나 사십이 되기 전 눈이 펄펄 내리던 날 그는 내가 근무하는 학교로 찾아왔다. 그날따라 나는 일찍 퇴근했었고 그가 남기고 간 명함 한 장만 내 손에 전달되었다. 나는 많은 생각을 했다. 하지만 그에게 연락하지 않았다.

그는 언젠가 나에게 손바닥만한 크기의 유트릴로 화집을 선물했다. 유트릴로의 그림과 그의 이미지는 닮아 있었다. 그가 찾아왔던 날은 회색빛 하늘에서 끝도 없이 눈이 내렸다. 그날 하얗게 변한 세상 속 어디로 나는 걸어가고 있었을까. 그는 또 어디로 떠나간 것일까. 그 기억은 유트릴로의 그림 '눈이 내린 생 피에르 광장'을 생각나게 한다.

누구도 대신할 수 없는 내 한 걸음으로

오래전부터 해 보고 싶었던 안나푸르나 트레킹을 다
녀왔다. 다녀온 지 몇 주 지나지 않았지만 그 시간들
이 꿈만 같다. 10월의 첫날, 나는 가 보지 못한 길을
향해 아시아 대륙의 상공을 날고 있었다. 비행기를 타고 내려다본
지상의 길들은 옹기종기 모여 있는 마을에서 마을로 이어지고, 이
길을 통해 사람들의 고달픈 세상살이가 이어진다는 것을 생각하
니 눈물겨웠다. 이제 나는 이런 길들을 끝도 없이 걸을 것이었다.

거대한 산맥 히말라야 중부에 위치한 안나푸르나는 8,081m의
고봉을 가진 산군山群이다. 네팔 카트만두로 가는 비행기를 타고,
포카라로 가기 위해 국내선 비행기를 또 타야 했다. 일행은 14명.
트레킹은 버스로 나야풀에 도착해서야 이루어졌다.

무릎이 안 좋아 고심 끝에 결행한 산행 길. 살아오며 망설일 때

나는 행동하는 쪽을 택해 온 편이다. 첫날부터 발에 쥐가 나도록 걸었다. 다음 날 몸이 좀 풀려 기분 좋게 걷고 있는데 기죽이는 가이드의 한 마디.

"이제 오르막이 시작되는데 2,600계단입니다. 두 시간 반쯤 걸립니다."

숨이 턱에 차도록 수없는 돌계단을 올랐다. 계단의 틈새로 피어난 작은 꽃들이 나를 보고 방글거렸다. 땀을 닦고 호흡을 가다듬으며 이슬 맺힌 꽃들을 바라보았다. 방금 기지개를 켠 듯 색색 옷을 입고 쉬어 가라며 웃어 주는 꽃.

극기 훈련하듯 계단을 오르니 지금껏 보지 못한 원시의 숲이 광활하게 펼쳐지고, 히말라야 설산에서 녹은 물이 계곡을 따라 흘렀다. 감동의 물결이 전신을 감싸며 노래가 절로 나왔다.

"시월의 어느 멋진 날에…."

고통과 기쁨은 동전의 양면 같은 것. 아픔을 겪어 보지 않고 어찌 진정한 행복을 알 수 있으랴. 그래서 가끔 우리는 이렇게 고생을 사서 한다. 이것을 '즐거운 고통'이라 해도 될까. 삶이 슬픔을 배경으로 하기에 기쁨을 바라는 것처럼, 우리가 선택한 고통은 기쁨을 담보하기에 기꺼이 견디는 것이다.

올레리 마을에 도착하니 관광객들이 북적거렸다. 넓고 푸른 잔디에 화려한 꽃들이 만발하고, 파라솔 아래 각양각색 등산복 차림의 외국인들이 쉬고 있었다. 낙원이란 이런 곳인 듯했다.

이번 트레킹의 하이라이트는 해발 3,200m의 푼힐 전망대에 오르는 것이었다. 새벽 3시 기상. 스프로 목을 축인 후 랜턴을 켜고 새벽 등반을 시작했다. 계단 턱은 왜 이리 높은지. 힘들다고 끙끙거리면 친구는 놀리느라 내 엉덩이를 받쳐 주었다. 함께 온 대학 동창 옥희는 몸이 가볍다. 여기 오려고 헬스 개인 트레이너한테 철인 5종 훈련까지 받고 왔다고 했다.

전망대에 오르니 구름 낀 하늘이 개며 해가 떠오르기 시작했다. 햇살을 받은 하얀 설산. 멀리 안나푸르나 연봉들. 히운출리, 마차푸차레, 다울라기리 연봉의 파노라마가 펼쳐지기 시작했다. 세계 각국에서 모여든 사람들이 모두 사진 찍기에 여념이 없고, 설산을 배경으로 뿌듯한 모습들이다. 이날은 새벽부터 시작된 트레킹이 저녁 숙소에 도착할 때까지 이어졌다. 적어도 12시간 이상 돌계단을 오르고 내리며 걸었을 게다. 저녁 숙소에서 샤워는 바라지도 않지만 전기 사정이 나빠 촛불이나 랜턴을 켜야 할 때도 많았다.

트레킹 중 외국인들을 만나는 것은 즐거움 중 하나. 열악한 환경에서 고생하며 항상 동지적 입장에서 배려하며 웃어 주었다. 그리고 만국 공통어인 노래를 불렀다. 멕시코 청년을 만나 '라 쿠카라차'를 불렀고 영국인을 만나 '아 목동아'를 불렀다. 독일인들을 만났을 때 독일어로 함께 합창한 '보리수'가 기억에 새롭다.

내 곁의 콧수염 기른 독일 중년 남자의 목소리는 아주 매력적이었다. 친구와 함께 부른 노래는 험한 여행길의 어려움과 피로를 덜어주었다.

아름다운 마을 촘롱에 이르니 건너편으로 안나푸르나 베이스캠프 길이 길게 이어져 있었다. 이 길을 걷던 우리의 엄홍길, 박영석, 한왕용, 오은선 등 많은 산악인들이 머리를 스쳤다. 이들은 히말라야 8,000m급 봉우리 14좌 완등에 성공한 사람들이다. 오은선은 여자로서 세계 최초다. 그러나 또 얼마나 많은 산악인들이 산을 오르다가 죽었을까. 박영석은 안나푸르나 남벽에서 실종되었고, 여성등반가 고미영은 낭가파르바트 등정 후 하산하다가 죽음을 맞이했다. 고통을 넘어서는 무엇인가를 위해 그들은 목숨을 걸었던 것이다.

안나푸르나 산길을 걷기 위해 수천, 아니 수만 계단을 오르고 내리며 견딜 수 있었던 것은 원시의 숲이 나에게 준 감동 때문이었을 게다. 수백 년 수령의 나무들이 숲길을 에워싸고, 기생식물들은 그 굵은 나무 줄기 위로 뻗어 올라가며 원시의 찬란함을 더했다.

난 전생에 산속의 나무였을까. 아니면 그 속에서 뛰놀던 노루나 사슴이었을까. 숲으로 들어서면 왜 이리 마음이 편한지. 숙소에서 건너편 산을 바라보니 그 꼭대기에 우리가 점심을 먹던 롯지의 불빛이 까마득하게 보였다. 어떻게 저 먼 길을 걸어왔을까. 가끔 이국의 창가에서 듣는 빗소리에 마음 설레고, 밤하늘의 별빛에 황홀해졌다. 별을 보다가 잠이 들었다.

산에서 마지막 날이 가까워 올수록 끝없는 내리막이 계속되었다. 다리 근육이 당겨 도저히 속도를 따라가기가 힘들었다.

"라즈! 헬프 미."

이제 긴 계단만 나오면 열아홉 살의 막내 가이드 라즈를 열렬히 불렀다. 눈이 커다란 순진한 청년 라즈는 불평 없이 팔짱을 끼고 손을 잡고, 온몸으로 내 체중을 받쳐 주었다. 그래, 도움을 받을 수는 있다. 그러나 아무리 힘들어도 내 한걸음 누가 대신 걸어 주지 못한다. 한 걸음 한 걸음이 나를 여기까지 이끌었고, 하루가 모여 이틀이 되고 이틀이 모여 열흘이 된다. 그렇게 내 삶의 모습을 이루어 가는 것이다. 포기하지 않는 성실함만이 스스로를 긍정하게 한다. 그러나 살아가며 어려움에 처할 때 손잡아 주고, 길 잃고 방황할 때 이끌어 준 손길들은 얼마나 많았는지.

드디어 닷새 만에 우리가 산행을 시작했던 나야풀에 도착했다. 우리는 네팔 당국에서 발행한 안나푸르나 트레킹 성공 인증서를 받았다. 인증서 속에 내 사진이 웃고 있다. 힘들었지만 행복했다고.

힐레의 새벽 하늘에 빛나던 별, 동터 오던 안나푸르나를 어찌 잊을 수 있을까.

우리는 비굴해졌다

대학 동창 네 명이 여행 중이었다. 담양에서는 아침 식사를 할 만한 곳을 찾지 못했다. 사과 몇 쪽으로 허기를 달래고 편백나무로 유명한 장성 축령산으로 향했다. 산에 도착했으나 산기슭 음식점도 모두 문을 열지 않았다. 할 수 없이 우리는 울창한 편백나무 숲길을 걸으며 배고픔을 달래었다.

하산 후, 점심시간도 가까워 오는데 내비게이션으로 식당을 찾 았으나 마땅한 곳이 없었다. 군청을 찾아가기로 했다. 적어도 그 동네에 가면 된장찌개라도 먹을 수 있을 것 같았다. 드디어 양쪽으 로 차들이 가득 주차돼 있는 번화가로 들어섰다. 그곳에서 다행히 '30년 전통의 전주집' 상호가 붙은 작은 음식점을 찾아내었다.

문을 열고 들어서니 나이 지긋한 주인 여자가 종업원도 없이 혼자 식당에 있었다. 아침도 굶은 처지라 허겁지겁 신발을 벗고 앉은뱅이 식탁에 둘러앉았다. 그리고 급히 메뉴를 일별했다.

"밥 금방 되죠?"

여자는 우리가 묻는 말에 대꾸도 하지 않은 채 대뜸 자리부터 정돈시켰다.

"거기 좀 좁혀서 한 식탁에 앉아 주세요."

식당엔 손님이 우리밖에 없었고 산길을 걷다가 왔기에 좀 넓게 앉아 있었다. 우리는 군말 없이 얌전히 모여 앉았다. 주방 앞엔 여러 종류의 전 이름이 나열돼 있었다. 맛있을 것 같아 식사 나오기 전에 먼저 먹어 보고 싶었다.

"저, 전 빨리 돼요? 무슨 전이 맛있어요?"

독촉하는 듯한 우리 말이 또 주인 여자의 심기를 건드렸나 보다.

"어디서 오셨어요?"

"서울서 왔어요. 아침밥도 굶었고요. 빨리 서울로 돌아가야 해요."

여자는 눈 깜짝하지 않고 우리를 보더니 한마디 했다.

"그렇게 서두르면 일 못해요."

그 순간 우린 주인 여자에게 반쯤 잡혔다. 서둘러 정정했다.

"아, 네. 천천히 알아서 해 주세요."

이 집에서 밥을 얻어먹지 못하면 하루 종일 굶을 것 같은 위기감이 들었던 것이다.

"무슨 전이 좋을까요?"

이젠 메뉴 선택권도 주인 여자에게 맡겼다.

"해물녹두전이 좋으니 그걸 드세요."

"아, 예. 그럼 그걸로 해 주세요."

우리는 그 여자가 구세주나 되는 것처럼 공손해졌다.

"내가 맛있게 해 줄게."

드디어 구세주는 반말로 나오기 시작했다.

"나는 조미료 하나 안 넣고 고추도 소독을 할 정도로 깨끗이 한
다니까."

"아, 네…."

우리는 주인 여자 말에 머리를 조아리듯 끄덕이며 목소리조차
고분고분해졌다.

"식당 문은 열고 싶으면 열고 닫고 싶으면 닫는겨. 문이 열려 있
어 운이 좋으면 먹는 거지 뭐."

주인 여자는 은근히 우리를 압박하며 자신감을 드러내고 있었
다. 우린 그녀의 말처럼 맛있는 식사만을 기대하며 비굴 모드로
바뀌고 있었다. 은희가 한마디 했다.

"사장님은 지금도 미인이지만 젊었을 땐 정말 미인이었겠어요."

이젠 아첨 수준이 되었다. 주인 여자는 만면에 미소를 짓더니 음식

을 준비하다 말고 주방 탁자에 팔꿈치를 괴고 우리를 여유 있게 둘러보며 한마디 했다.

"젊었을 때 한 인물 안한 사람 있나?"

우리가 숙맥처럼 보이는지 빙긋 웃어 주기까지 했다. 머리는 뒤로 모아 묶고 얼굴은 까무잡잡했으나 눈이 크고 반듯하게 생겼다. 음식 장사치고는 수더분한 용모는 아니었다.

드디어 반찬이 나오고 해물녹두전이 나왔다. 다들 허기진 배를 채우려 허겁지겁 먹으며 맛을 칭찬했다. 아니, 찬양했다. 빈속에 무슨 음식인들 맛이 없겠는가. 드디어 식사로 주인 여자가 추천한 매생이굴국이 나왔다. 밥은 없었다. 배가 고파 밥이 나오기도 전에 우리는 이미 파김치며 감자조림 등 짠 반찬들로 배를 채우고 있었다. 할 수 없이 먼저 나온 국을 허겁지겁 먹고 있을 때 드디어 밥이 나왔다.

그런데 밥공기를 하나씩 따로 주지 않고 밥통에 조금 남은 밥을 작은 양푼에 긁어 담아 우리에게 건네는 것이었다.

"밥이 모자라서… 그냥 먹다가 밥 다 되면 더 줄께."

우린 앞 접시에 밥을 한 주걱씩 담아서 먹기 시작했다. 나는 더 먹을 셈으로 조금 펐는데 주인 여자는 양푼에 남은 밥을 도로 가져가 새로 온 다른 손님들에게 주었다. 그들은 단골인 듯했다. 밥을 조금 떠온 것이 서운했으나 또 주겠지 생각하며 아껴 먹었다.

"왜 밥 더 안 주세요?"

드디어 내가 한마디 했다. 주인 여자는 힐긋 쳐다보더니 새 밥통의 밥을 또 양푼에 성의 없이 담아 내왔다. 친구들은 이것저것 집어먹어 더 생각이 없는 듯했다. 나는 화가 났지만 참고 친구들에게 조용히 투덜댔다.

"아니, 왜 밥을 안 주는 거야. 이렇게 있으면서."

해선이가 눈치를 보며 한마디 거들었다.

"밥 더 필요하면 달라고 했어."

"언제? 난 못 들었단 말야."

새로 한 밥을 몇 술 더 뜬 후, 밥값을 내고 밖으로 나왔다.

식당 안에선 꼼짝 못하다가 대로변으로 나오는 순간 갑자기 분통이 터졌다.

"뭐야 그 여자! 너네 그 여자 얼굴 어떻든? 미인은 무슨 미인."

기가 막혔던 내가 흥분했다. 인숙이가 한마디 했다.

"그 여자 얼굴 보니 남자 여럿 거친 여자야."

"입술에 끼가 흐르더라."

"맞아, 맞아! 보통 여자 얼굴이 아냐."

"남자 잡아먹게 생겼어. 우리도 꼼짝 못했잖아."

우린 서로 분개하며 성토했다. 종로에서 뺨 맞고 한강에서 눈 흘기는 격이었다.

"너 은희 왜 그리 비굴 모드로 나왔니?"

내가 한마디 하니 은희는 씩 웃더니 중얼거렸다.

"밥 얻어먹으려면 잘 보여야겠더라. 여차하면 내쫓을 기세였잖
니?"

해선이도 한마디 거들었다.

"우리가 너무 착해서 그래."

식당 여자 흉을 한참 본 후에야 분이 풀려 끝도 없이 웃었다. 그
나저나 밥 한 끼 그렇게 맛있게 먹은 적도 드문 것 같다.

밥줄을 쥔 자가 세계를 지배한다는 것은 만고의 진리임에 틀림
없다. 작은 식당에서 우린 그 사실을 실감했으니까.

음악은 요술피리처럼

해마다 연말이면 베토벤 교향곡 9번을 듣기 위해 음악회장을 찾는다. 언제부터인가 이 일은 나의 한 해를 마무리하는 행사가 되었다. 지상의 길을 가기 위해 지도와 나침반이 필요하듯, 마음의 길을 찾기 위해 나에겐 음악이 필요하다. 때로는 기쁘게 때로는 슬프게 굽이치는 길. 음악은 요술피리처럼 그 수많은 마음의 길로 나를 인도해 준다.

우리 가곡 '그 집 앞'을 들으면 한 여인을 짝사랑하던 오빠가 생각난다.

오가며 그 집 앞을 지나노라면
그리워 나도 몰래 발이 머물고…

6·25사변 후 피난민 시절, 이 노래를 좋아하던 오빠는 얼마나 그 여자의 집 앞을 서성였을까. 이제 이 세상에 없는 오빠는 이북에 두고 온 고향이 그리울 때면 '꿈속에 그려라 그리운 고향'으로 시작되는 드보르자크의 '고잉 홈'을 자주 흥얼거리곤 했다. 지금도 그 곡을 들으면 어디선가 낯선 골목길을 돌아 오빠가 집으로 걸어 올 것만 같다.

지난 시절 나에게도 쓸쓸할 때면 혼자 부르곤 하던 독일 민요가 있다.

소나무야 소나무야 언제나 푸른 네 빛…

조용히 부르고 있으면 어느덧 내 마음이 정화되는 느낌이었다.

'홈 스위트 홈'을 들으면 어릴 적에 언니들과 시끌벅적대며 부침개 지져먹고 노래 부르던 시절이 생각난다.

언제부터 음악을 좋아하게 되었을까. 어렸을 때부터 노래 잘 부르는 언니들과 교회의 영향이었던 것 같다. 오디오 시설이 없던 시절 우린 세계애창곡집으로 각 나라의 명곡과 우리 가곡을 즐겨 불렀다. 내가 중학교 1학년이 되며 비로소 우리 집에 트랜지스터가 생겼고 나는 가요보다는 클래식을 찾아 듣곤 했다.

대학생이 되며 비로소 전문 음악실을 찾기 시작했다. 잊을 수 없는 음악감상실 아폴로, 필하모니, 르네상스 그리고 클래식이 흐르던 다방 훈목, 빅토리아, 이삭, 빠리. 이 이름들은 내 청춘의 방황과 슬픔과 외로움의 다른 이름이기도 하다. 그 긴 세월을 생각하면 지금도 가슴이 뻐근해진다. 다방마다 음악실마다 각기 다른 얼굴들과 다른 풍경들이 추억 속의 내 젊음에 버무려져 있다.

교직에 몸담고 첫 월급을 타던 날, 나는 종로에 가서 우리나라에 처음 나온 천일사의 별표 전축을 할부로 샀다. 그리고 그 즈음에 나오기 시작한 유명 연주자의 라이센스 레코드판을 한 장씩 모으기 시작했다. 초기에 샀던 판 중에 베토벤의 '코랄 환타지아'가 있다. 9번 심포니를 작곡하기 위해 먼저 써본 작품이라고 한다. 헤드폰을 끼고 듣다가 나도 모르게 지휘까지 하고 있었다. 엄마가 그 모습을 보고는 한마디 하셨다.

"그게 그렇게 좋으니?"

경제적으로 자립을 하게 된 막내를 대견하게 바라보며 한마디 하시던 그때의 정경이 한 컷의 사진처럼 생생하다. 삶이 나에게 준 가장 큰 선물은 음악이 아닐까. 이제는 추억이 돼 버렸지만 그때 한 장 한 장 사 모은 LP판들을 나는 아직도 간직하고 있다.

음악을 들으며 '보이지 않는 것이 가장 아름답다'고 생각해 본다. 음악은 보이지도 않고 만질 수도 없는, 청각에 의해서만 느낄 수 있는 예술. 가장 추상적이기에 가장 아름다울 수 있지 않을까.

음악이 주는 감동은 곡 자체가 갖는 아름다움, 그것을 표현할 줄 아는 연주 실력, 듣는 사람의 이해와 몰입도에 있다고 할 수 있겠다. 이 세 가지 중 하나라도 빠져서는 그 감동을 진하게 느낄 수 없다.

내가 다시 태어난다면 분위기 좋은 교향악단의 한 단원이 되고 싶다. 단원이라면 독주자가 갖는 부담도 덜할 것 아니겠는가. 현악기의 울림을 사랑하므로 바이올린이나 첼로를 연주하면 더 좋을 것이다. 환한 조명 아래 박수갈채를 받으며 진지한 자세로 브람스나 모차르트를 연주할 수 있다면…, 아름다운 선율의 항해를 계속해 나갈 수 있다면 얼마나 행복할까. 그러나 좋아하는 음악을 마음껏 부담 없이 누릴 수 있는 지금도 감사할 일이다.

지난 연말 정명훈의 지휘로 '예술의전당'에서 들었던 베토벤의 교향곡 9번이 생각난다. 음악회장을 찾다보면 아는 얼굴들을 만나게 된다. 그날 로비에서 만난 얼굴도 대학 시절 음악감상실을 다닐 때 많이 보던 사람이었다. 그때부터 그는 다리를 절고 있었고, 음악 속에서 살던 사람이었다. 콘서트장으로 들어오니 마침 그 사람은 나보다 두 칸 앞에 자리 잡고 있었다. 그리고 그는 요술피리가 되어 내 마음의 길을 안내하고 있었다.

도입부터 예사롭지 않은 긴장 속으로 우리를 밀어 넣어 끊임없이 살아온 날들을 돌아보게 하는 곡. 베토벤의 운명을 거스르는 의지의 파동이 마침내 나에게도 전이되는 곡. 이 음악에 빠져 있으면 흘러간 세월이 파노라마처럼 스쳐간다. 3악장을 들을 때, 내 젊은 시절의 아련한 슬픔이 묻어 나오며 눈물이 볼을 타고 흘러내렸다. 아니, 아름다움은 모든 슬픔에 닿아 있는 것 같았다. 이 놀라운 음악의 힘이라니. 청력 상실의 고통 속에서 가혹한 운명을 불굴의 의지로 이겨 낸 베토벤은 4악장에서 비로소 인간 승리와 환희를 노래할 수 있었다. 지금도 그 합창이 들리는 듯하다.

환희여, 아름다운 신의 광채여, 낙원의 딸들이여
우리 모두 정열에 취해 빛이 가득한 성소로 들어가자!
가혹한 현실이 갈라놓았던 자들을 신비로운 그대의 힘으로
다시 결합시키는도다.
그리고 모든 인간은 형제가 되노라.
그대의 부드러운 날개가 머무르는 곳에…

내 어린 시절의 좁은 문

내 나이 여섯 살쯤 되었을까. 교회 주일학교 선생님
은 설교 중에 좁은 문으로 들어가라고 하셨다. 그 길
은 생명으로 인도하는 문이고 길이 매우 좁아 찾는
이가 적다고 덧붙였다.

그때부터 나는 우리 집 뒤 담벼락 사이로 난 좁은 길을 한 번씩
돌아서 집으로 들어가곤 했다. 신통하게도 '생명으로 인도하는
문'으로 들어가려 노력했던 어린 시절을 생각하면 웃음이 나온다.
그때의 기억이 떠오른 순간 나는 시간의 강물을 거슬러 올라 천진
한 아이가 되어 좁은 골목을 걷고 있다.

태어나 엄마 등에 업혀 남쪽으로 피난을 내려왔으니, 어쩌면 난
출발부터 좁은 문을 통과하고 있었던 셈이다. 그때 내가 살던 작
은 집과 뒷집 담벼락 사이에 있던 공간은 길이라고도 할 수 없었

다. 햇살도 들어올 수 없는 음습하고 비좁은 공간. 담장 옆으로 잡초가 드문드문 돋아 있고 급하면 가끔 뛰어와 쉬를 하던 어두컴컴한 곳. 그곳엔 내가 가지고 놀다가 버린 단추며 사금파리 등이 뒹굴고 있었다. 일정기간 그런 곳을 한 바퀴씩 돌아서 집으로 들어간 것은 순전히 주일학교 선생님의 가르침 때문이었다.

교회는 우리 집 바로 앞에 있었는데 큰 운동장과 꽃밭도 있었다. 그곳은 나의 놀이터였고 나의 우주였다. 엄마는 서울 수복 후 언니들을 피난지에 남겨두고 우선 막내인 나와 오빠만 데리고 서울로 오셨는데, 나는 이 무렵에 하루 종일 집에 혼자 남겨졌다.

옆집에는 나보다 두 살 위의 언니가 살고 있었고 언니와 나는 소꿉장난을 많이 하고 놀았다. 내가 어리버리하고 순진한 아이였다면 언니는 야무지고 깍쟁이였다. 그러니까 나는 소꿉장난 할 때 언니가 시키는 대로 벽돌조각을 깨서 고춧가루를 만들어야 했고, 반찬을 하기 위해 교회 꽃밭에서 노란 꽃 파란 잎을 따 와야 했다.

엄마는 아침에 집을 나가며 나에게 십 환씩을 주셨는데 나는 그 돈으로 눈깔사탕을 사먹기도 하고 교회 할머니 전도사님에게 저금하기도 하였다. 이 사실을 알게 된 옆집 언니는 그 돈을 소꿉장난 비용으로 쓰자고 했다. 난 그 요구를 듣지 않을 수 없었다. 이제 내 눈깔사탕과 저금은 사라졌고 오로지 상납의 비리만 남게 되었다. 그 후 언니는 소꿉장난을 할 때면 나에게 엄마 역할도 맡겼고, 돈을 가져오면 더 다정하게 대해 주었다. 나는 그 재미에 빠져 더 큰 것을 노리게 되었다.

드디어 나는 몹쓸 짓을 하게 되었는데, 지금 생각하면 그게 나쁜 짓인지도 모르고 했다는 사실이다. 그 시절 나는 엄마가 어디에 돈을 두는지를 알았다. 얼마였는지는 기억나지 않지만 그 돈만 있으면 옆집 언니의 칭찬을 들으며 소꿉장난을 재미있게 할 수 있을 터였다.

급기야 난 엄마의 지갑에서 돈을 꺼내어 속옷에 넣고 돈이 빠지지 않도록 실로 묶어 놓았는데 지금 생각해도 너무 어수룩했다. 누가 보더라도 '나 여기에 무얼 감추었소' 하고 광고하는 꼴이었다. 그날 속옷 바람으로 엄마에게 자러 다가갔다. 비죽 튀어나온 돈을 보고 엄마는 이게 무어냐고 물었고, 곧 사실이 들통나고 말았다.

"이런 일 앞으로 세 번만 더하면 지옥 간다."

엄마는 딱 한마디 하고 나를 끌어안고 주무셨다. 생명으로 인도하는 길로 가기 위해 컴컴한 좁은 길도 마다하지 않는 나에게 지옥이란 말은 치명적인 것이었다. 한 번만 더 그러면 지옥 간다고 하지 않고 세 번이라고 한 것은 엄마도 사랑스런 딸에게 겁만 주려 하신 것 아닐까. 이후 아무리 외톨이가 된다 해도 그런 일은 다시 일어날 수 없었다.

얼마가 지난 후 떨어져 지내던 언니들이 구원병처럼 서울로 올라왔다. 그리고 막내언니가 나와 옆집 언니의 일들을 알게 되었다. 넓은 교회 운동장에서 동네 친구들이 지켜보는 가운데 막내언니는 옆집 언니의 비리를 큰 소리로 단죄했고 옆집 언니는 고개를 숙였다.

나는 의기양양해져서 친구들을 둘러보았다. 건너 동네 남자아이 영수도 센베가게 혜경이도 우리 편이라는 듯 빙긋 웃고 있었다. 옆집 언니보다 더 야무졌던 우리 언니를 당할 사람은 없었다. 이제 나는 막강한 구원병을 얻은 것이다. 친구들은 나를 부러워하는 듯했고 그날따라 교회 첨탑의 십자가도 더 빛나 보였다.

비로소 나는 좁은 문을 통과해 밝고 넓은 길로 나올 수 있었다. 살다 보면 좁은 문을 지나야 할 때가 어디 한 번뿐이겠는가. 그리고 우린 십자가처럼 그 길의 무게를 지고 나간다. 그 시절 나는 어린아이가 견뎌 내야 할 좁은 문을 통과하고 있었다.

눈꽃 나라에서

옷장 문을 여니 새하얀 눈 세상이 펼쳐졌다. 영화 '나니아 연대기'에 나오는 장면이다. 어디를 가도 온갖 숲속의 나무들은 모두 눈꽃으로 빛나며 멋진 신세계를 연출하고 있었다. 나도 며칠 동안 이런 동화의 나라에 머물렀다. 내 환갑 기념으로 간 일본 아키타. 남편과 딸이 동행했다.

나는 아침저녁 호텔에 있는 노천 온천에 몸을 담그고 숲속 눈꽃 나라에 내리는 눈을 바라보고 있었다. 행복한 감정이 물밀듯이 밀려왔다. 해마다 오고 싶다는 생각도 해 보았다. 온천장 처마엔 고드름이 달려 있고 지붕에서 떨어진 눈은 점점 쌓여 지붕과 맞닿을 듯했다.

우리가 묵은 호텔은 산기슭에 있었고, 창밖으로 보이는 먼 산과 숲, 집들은 눈으로 온통 하얗게 변했다. 나는 다탁이 놓인 다다미

방에서 눈 내리는 풍경을 바라보며 차를 마셨다. 경사진 지붕에 쌓인 눈들이 가끔 후드득 소리를 내며 처마 밑으로 떨어져 내렸다. 자동차는 눈 속에 파묻혔고 와이퍼는 모두 하늘을 향해 두 팔을 벌리고 있었다.

그곳에 머무는 내내 눈이 내렸다. 한밤중에도 창밖을 바라보면 조용히 눈이 쌓여 가고 있었다. 길 옆 몇 미터씩 눈이 벽처럼 쌓여 차들은 마치 눈 터널을 지나는 것 같았다. 이 눈의 나라 숲속 여기저기에 온천 마을이 있었다.

상처 입은 학이 몸을 치유했다고 '학의 온천'이라 불리는 츠르노유 온천은 지금도 그 치유의 기적을 믿는 사람들로 붐볐다. 우윳빛 뽀얀 노천탕에 들어갔을 때 이미 먼저 와 있는 대한민국 아줌마들. 어디서 왔냐기에 수지맞는 수지에서 왔다니까 자기들은 답답한 답십리에서 왔다고 해서 웃었다. 아키타에 눈물 흘리는 성모상이 있어서 성지순례 왔다가 치유의 기적을 경험하려고 들렀다고 했다. 눈이 아픈 사람, 피부병이 있는 사람들이 온천의 효험과 성모의 기적을 경험하고 싶어 했다. 나는 그저 눈에 폭 쌓인 하얀 온천마을 우윳빛 온천에 몸 담그고 주변 경관을 바라볼 수 있는 것만으로도 좋았다.

아름다움을 염원하던 소녀의 전설이 깃든 다츠코상이 있는 다자와 호수. 호수는 겨울바람으로 물결치고 주변은 순백의 눈으로 덮여 있었다. 가족과 함께 오니 맛있는 것을 먹어도, 온천물에 있어도, 거리를 구경 다녀도 좋았다. 신칸센 왕복표를 끊으면 편도보다 싸다는 것을 역원과 몇 마디 하고는 알아내는 딸이 믿음직스러웠다. 소위 내 환갑여행인데 남편이 동행하니 그것도 흐뭇했다. 평생 머릿속엔 공부밖에 모르는 과묵한 사람. 그래도 아들딸 시집 장가 들어서 손자들까지 보았으니 우리 할 일은 다한 셈이다.

에도 시대 사무라이 저택의 모습을 그대로 간직하고 있다는 가쿠노다테. 봄이면 벚꽃이 장관이라는데 지금은 벚꽃 날리듯 눈이 내렸다. 그곳에서 우리는 그 전통을 이어오는 한 사무라이 저택 靑柳家을 방문하였다. 후손들이 1985년까지 살았다는데 집의 규모도 컸지만 그들이 쓰던 무기창고며 생활도구, 특히 하이칼라관의 골동품 컬렉션은 볼만했다. 그들이 쓰던 빅터, 그라마폰, 에디슨의 축음기 등이 오래된 음반과 함께 진열돼 있는 모습은, 개국 이래 서양의 문화를 받아들이고 얼마나 심취했는지를 짐작하게 했다. 메이지 시대 초의 일본인들은 서양인을 하이칼라상이라 불렀다. 서양인들이 당시 깃이 높은 옷을 입고 있었기 때문이다. 우리도 어렸을 때 서양식 멋쟁이를 하이칼라라고 했던 기억이 난다.

아키타역으로 갔다. 차창 밖으로 보이는 풍경은 어디든 그림이었다. 틈만 있으면 셔터를 눌렀다. 삼나무는 눈을 뒤집어쓰고 잠잠했다. 역 부근의 센슈 공원을 산책했다. 까마귀가 꺽꺽 울어대고 있었다. 썩은 음식을 먹어 주는 까마귀가 그곳에선 길조라 했다. 일본은 습기가 많아 음식이 쉽게 상하기에 조금씩 깨끗이 하지 않으면 안 된다고 한다. 이것은 전통이 되어 일본 어디를 가도 깔끔해 보이는 음식을 먹게 된다.

어두워져 가는 길에 동네사람들이 나와 눈을 치우고 있었다. 손에는 제설도구 하나씩을 들고서 일사불란했다. 눈처럼 잘도 뭉쳐 일했다. 어디로 도망갈 수도 없는 섬나라이기에 그렇게 뭉쳐야 살길이 열렸으리라. 약점은 극복해 나가면 강점이 될 수도 있다.

눈은 끊임없이 내리는데 차는 잘 달리고 있었다. 우리나라에선 몇 시간만 눈이 와도 교통 대란이 일어나는데 이곳은 달랐다. 수시로 제설차가 다니고 경사가 심한 곳은 열선이 깔려 있어, 몇 미터씩 눈 벽을 이루어도 차는 별일 아니라는 듯 달렸다. 아마 눈이 많기에 그에 대한 노하우가 쌓인 결과일 것이다.

오랜만에 느껴보는 여유로움이 좋았다. 항상 젊을 것 같더니 어느새 육십 대로 접어들었다. 고난이 인간을 성숙하게 한다고 한다. 내 고난의 시기는 언제였을까. 6·25사변 때 엄마 등에 업혀서 피난 내려와 살던 초년이 내 생애 가장 힘든 시기가 아니었을까. 어려웠던 청소년 시절의 경험이, 철이 들어가며 나를 좀 더 나은 세계로의 꿈을 꾸게 했고, 이제 나이 들어 환갑이 되었는데도 아직 꿈꾸며 살아간다.

내 인생의 삼막 삼장은 어떻게 꾸며질까. 노년이 되어 가며 사람들은 몸도 예전처럼 강건치 않고 머리도 희어진다. 아마도 욕심의 짐을 내려놓고 때묻은 영혼을 눈처럼 하얗게 씻어 내라는 뜻이 아닐까.

눈길에 미끄러질까 봐 등산스틱까지 가지고 갔는데 무심히 걷다가 미끄러지며 엉덩방아를 찧었다. 올겨울 두 번째였다. 한참을 걷다가 생각하니 쓰고 있던 모자가 없어졌다. 넘어지며 떨어뜨린 것 같다. 다시 돌이켜 가 보니 누가 집어갔는지 없었다. 새로 산 것인데 아까웠다. 돌아오는 차안에서 점퍼에 달린 모자라도 쓰려고 모자를 들어올리는 순간 만져지는 묵직한 감촉. 점퍼에 달린 모자 안에 낮에 잃어버린 모자가 몇 시간이나 숨어 있었던 것이다. 아, 나이는 못 속인다. 정말 환갑여행다웠다.

모자가 나를 다시 각성시킨다. 내 앞으로의 날들이 아키타의 눈처럼 멋진 풍경으로 채워지기를. 그러나 더욱 조심하여 넘어지지 않기를. 그것이 몸의 것이든 마음의 것이든 말이다.

따랑해요 함머니

내 외손녀 송원이, 고 귀여운 것. 이제 두 돌하고도
또 몇 달이 지났다. 아직 발음은 부정확하지만 제법
문장을 구사할 줄 안다. 밥 먹을 때 내 무릎에 앉아
먹겠다는 말을 하는데 할미가 못 알아들으면 안타까워 야단난다.
아직 '시옷' 발음이 잘 안 되는 송원이는 자기 이름을 '또워니', 선
생님은 '떤댕님' 이라고 한다.

"또워니 노래하께요, 퍼퍼 누니 옴다~ 하느레서 누니 오미다…."

"사가가튼 내 어구~ 이쁘기도 하죠~ 눈도 빤따 코도 빤따…."

눈과 코에 손가락을 대며 앵두 같은 입술을 쏙쏙 내밀며 잘 되지
도 않는 발음으로 노래 부르면, 그 재롱이 귀여워 할미는 껌벅 죽
는다. 나는 구식 할미답게 송원이의 외증조할머니가 나에게 가르
쳐 준 어릴 적 노래를 불러 준다.

"가을바람 찬바람에 울고 가는 저 기러기~."

송원이는 팔을 돌려가며 '구리구리' 하는 대목을 아주 잘 따라 한다. 무릎에 앉혀 놓고 '섬집아기' 노래를 부르며 등을 쓸어 주면 가만히 내 품에 안겨 따라 부른다.

가끔 송원이만 할 때의 내 처지를 떠올려 본다. 이제 나이 든 언니들은 6·25사변 후의 그 시절 얘기를 하면 지금도 눈시울을 적신다. 나도 어릴 적 내 모습이 가여워진다. 1·4후퇴로 엄마 등에 업혀 피난을 내려올 때, 어린 나는 배가 고파 굴뚝만 보면 손으로 가리키며 밥을 달라고 했단다.

우리는 황해도에서 아버지는 못 오시고 어머니가 다섯 명의 자식을 데리고 내려오셨다. 피난민 열차에서는 화통이 있는 부근에 탈 수 있어서 그리 춥지 않게 왔다고 한다. 오는 도중 한번은 이산가족이 될 뻔도 했다. 기차가 잠깐 서 있는 사이 엄마는 먹을 것을 구하려고 기차에서 내렸다. 그리고 엄마가 미처 타기도 전에 기차는 떠나고 있었다. 차에 타고 있던 오빠는 손을 흔들고 엄마는 소리쳤다.

"이리에 가서 기다려~!"

다행히 나는 따뜻한 엄마 등에 업혀 있었다. 다음 기차로 이리에 도착했을 때 열네 살의 똘똘한 오빠는 여동생 세 명을 데리고 역에서 기다리다가 엄마와 상봉을 했다고 한다.

송원이는 그림책 보기를 좋아한다. 언젠가 한 권을 다 읽어 주고 나니 벌떡 일어나 엉덩이를 쓱 내밀며 손바닥을 펼쳐든다.

"또끔만 기다려 당깐."

표정이 진지하다. 그러더니 자기 방에 가서 끙끙거리며 책을 한 아름 안고 나타난다. 아기의 책 사랑이 너무 귀엽다.

언젠가는 엄마 아빠가 늦게 오는 바람에 송원이에게 내가 고문까지 당했다. 요것이 밤 열 시가 다 되도록 잘 생각을 안 했다. 업고 살살 달래어 잠자리에 뉘었는데 옆에 있던 그림책을 꺼내어 읽어 달랬다. 손녀가 읽어 달라는데 어쩌랴. 갖은 정성으로 성우처럼 구성지게 읽어 주었다. "이제 자자" 했더니 또 한 권을 꺼내들었다. 목도 아픈데 늦도록 읽어 달라니 힘들었지만 어쩌겠는가, 정성껏 읽어 주는 수밖에.

겨우 다 읽고 이제 그만 잤으면 좋겠는데 또 한 권을 집어들었다. 점점 딸과 사위가 원망스러웠다. "할머니 힘들어, 그만 자자" 하니 그 예쁜 눈망울에 눈물이 글썽거렸다.

"알았다, 알았어, 아이고…."

그림책 읽어 주는 소리는 잦아들어갔다. 급기야 또 한 권을 꺼내드는 것이었다. 결국 아비한테 전화를 걸어 사정을 얘기하니 처방을 알려 주었다.

나는 예쁜 송원이를 바라보았다. 아기는 눈을 말갛게 뜨고 할머니가 뭐라 하려나 쳐다보고 있는 것이었다.

"송원아, 늑대가… 나타났어!"

재빨리 불을 끄고 팔에 안고 다독이니 꼼짝도 안하고 금방 잠이 들었다. 잠드는 게 순간이었다. 그런데 아빠의 처방전은 자주 쓰면 안 될 것 같다. 늑대가 무서워 자느니 차라리 내가 고문당하는 게 나을 것 같았다.

단군 이래 제일 잘 산다는 시대에 태어난 송원이에 비하면, 내 어린 시절은 전쟁과 함께 시작되었다. 하루는 피난길에 밥을 해 먹고 있었는데, 옆자리에 자식 없는 노부부가 있었다고 한다.

"거, 딸 삼아 키우가씨다."

그 노부부는 엄마에게 다섯 아이가 딸린 우리 식구들이 딱해 보였던지 막내인 나를 달라고 했단다. 우리 엄마가 누구인가. 어찌 막내딸을 남에게 맡길쏘냐.

"내가 이런 자식 어디 있으믄 하나 더 데려오가씨다."

이런 말을 들을 때마다 난 엄마의 딸인 것이 좋았다. 지금의 익산인 이리에 도착해서 피난민들은 한동안 수용소 생활을 했다. 그곳에 사는 동안 나는 뒤뚱거리며 걸어가 풍로 위에 굽고 있는 옥수수를 집으려다 손가락을 데기도 하고, 한동안은 무슨 병인지도 모르게 아파서 걷지도 못했다고 한다. 어린 딸을 업고 의원을 찾아다니고 교회에서 기도를 하는 엄마가 눈에 선하게 그려진다.

전쟁의 그 모진 시련을 견디며 다섯 자식을 키워 낸 어머니의 힘은 어디서 온 것일까.

휴전이 되며 우리 식구는 서울로 올라와 서대문구 충정로에 자리를 잡았다. 하루는 먼 곳에서 요란한 꽹과리 소리가 들려왔다. 창밖을 내다보니 아랫동네에서 울긋불긋한 옷을 입은 사람이 춤을 추는데 사람들이 많이 모여 있었다. 무당이 굿을 하고 있는 장면이었다. 나는 꽹과리 소리가 무서워 엄마 품에 달려갔다. 엄마는 나를 안아 주시며 말했다.

"예수님 믿으면 무서운 게 하나 없어…."

그랬다. 지금 생각해 보면 엄마는 그 막막한 날들을 신앙심으로 두려움 없이 자식들을 키우신 것이리라.

내 어린 시절엔 혼자 빈집을 지킬 때가 많았다. 엄마가 나가기 전 누워 있는 나에게 이불을 덮어 주시면, 난 그 온기를 그대로 느끼고 싶어 움직이지도 않고 가만히 있곤 했다. 비록 그림책은 없었지만 밤이 되면 엄마는 나를 품에 안고 잠들 때까지 재미있는 '옛날얘기'를 해 주셨다. 아무것도 가진 것 없었지만 내가 불행하다고 느껴 보지도 않았다. 오히려 그때의 결핍이 나로 하여금 꿈꾸는 사람이 되게 한 것 같다.

나는 송원이가 지금처럼 앞으로도 노래와 책을 사랑하는 아이로 컸으면 좋겠다. 그래서 물질보다는 정신의 가치를 소중히 여기는 사람이 되기를 바라고 있다.

"함머니 따랑해요."

환하게 웃으며 송원이가 말한다. 나도 웃으며 말한다.

"하늘만큼 땅만큼 할머니도 송원이 따랑해~."

사막에서

여행은 항상 새로운 기대로 설레게 된다.

도시와 정착 농경민의 생활을 거부하고 사막을 떠도는 베두인들. 이들은 폐차 처리해야 할 정도의 고물 지프에 우리를 태우고 이집트 서부사막의 황량한 길들을 거칠게 달렸다. 문득 앞차의 형태조차 알아볼 수 없을 정도로 먼지를 내뿜으며 달리던 차가 거친 사막에서 길을 잃은 듯했다. 한참을 헤매던 끝에 멀리서 헤드라이트의 불빛이 반짝이는 것이 보였다. 문명의 그림자도 안 보이는 사막의 복판에 지프들은 서 있었고, 우리는 안도했다. 덜컹거리는 차 속에서 빠져 나오니 마치 커다란 모험이라도 한 기분이었다.

노을이 지는 모습은 얼마나 장관이던지. 오던 길 내내 하늘을 붉게 물들이던 석양이 서서히 울트라마린으로 변해 가고 있었다.

모래바람에 풍화된 석회암들은 기이한 형상의 조각품들을 만들어 내고. 사막은 새나 버섯 모양 또는 추상적인 갖가지 조형물들로 가득한 대자연의 아름다운 전시장이었다. 이 조각품들은 석양의 빛을 받으며 시나브로 변해 가고 있었다. 멋진 광야였다.

베두인들의 손놀림은 빨랐다. 지프 위에 싣고 온 통나무로 모닥불을 지피고 텐트를 쳤다. 물을 끓여 스프를 만들었다. 타오르는 모닥불 속에선 호일에 싼 닭고기가 익고 있었다. 사람들이 모닥불 주위로 자리를 잡을 때, 홀로 망망한 사막 속으로 들어갔다. 하늘에 별이 돋아나기 시작했고, 잡히는 모래는 부드럽게 내 손가락 사이를 빠져 흘렀다. 대자연의 경이로움에 할 말을 잃었다. 이런 삶도 있는데, 이렇게 자연스럽게 살 수도 있는데…. 나도 이들처럼 단순하게 살고, 단순하게 생각하며, 단순하게 기도하고 싶었다.

이 지역 문화의 모태였던 유목민 베두인들은 이제 중동지역에서도 5% 미만의 소수에 불과하다. 그러나 이들은 순수와 이상의 상징이 되어 있다. 우리 차를 몰던 젊은이는 갓난쟁이 딸 하나를 둔 가장이었다. 그는 무척 밝고 역동적인 삶을 살고 있었다. 계속 노래를 흥얼거리며 자신의 일을 즐겼다. 거친 운전솜씨를 뽐내기도 하고, 모래밭에선 여러 가지 재미있는 놀이를 즐겼다. 그가 손가락을 몇 개 움직이면 예쁜 아기발자국이 생겨나곤 했다. 우리가 좋아하면 신이 나서 다시 새로운 것들을 보여 주고, 경사가 깊은

사막으로 데려가 미끄럼도 태워 주었다. 흑사막에선 우리에게 철
광석 꽃돌을 찾아 주었다. 난 그의 이름을 잊어버렸다. 그러나 그
가 가르쳐 준 한마디 이집트 말은 지금도 기억한다.

"하비비."

당신을 사랑한다는 뜻이다. '하비비'라고 말할 때 그의 눈빛은
부드럽고 따뜻하게 보였다.

뜨겁던 사막은 밤이 되며 서서히 추워지기 시작했다. 그러나 이
황홀한 밤하늘의 별을 두고 텐트 안으로 들어갈 수 없었다. 일행
들과 떨어져 함께 온 친구 셋이서 모래 위에 매트를 깔고 침낭 속
으로 들어갔다. 누워서 바라보는 하늘은 넓고 깊었다. 오랜만에
보는 은하수였다. 은빛 강물이 뽀얗게 흘렀다. 무한한 우주를 생
각하면 인간은 얼마나 왜소한 존재인가. 그러나 하늘에 반짝이는
별들을 마음에 품을 수 있는 인간은 또한 얼마나 경이로운 존재인
가. 나도 모르게 삶에 대한 기도가 넘쳐흘렀다.

"주 하나님 지으신 모든 세계 내 마음속에 그리어 볼 때…."

누가 먼저인지 노래를 불렀다. 감동스런 자연을 마주하고 속된
노래를 부를 수 없었다. 경건한 마음까지 들었으니까. 별과 관련
된 노래도 불렀다. 별들이 초롱거리는 하늘을 향해 무엇이 그리도
좋은지 계속 웃어대었다. 깔깔거리며 웃는 소리가 사막에 퍼졌지
만, 광활한 자연의 적막은 깨뜨릴 수 없는 깊이였다. 우리는 별을

보며 사막에 불시착한 생텍쥐페리와 '어린 왕자'를 얘기했다. 사막의 여우 얘기도.

떠나온 집도 잊은 채 세 아줌마, 모래 위에 누워 밤을 새웠다. 별을 보며 시간을 잊고 있었다. 아니, 시간을 타고 별을 향해 가고 있었다. 그런데 유성이 흐를 때 소원을 빌었을까. 우리가 한 하늘 아래 한마음이었을까. 각자의 슬픔이나 허기를 숨긴 채 세월에 주름진 얼굴들을 어둠에 감추고 있었다.

가물가물 잠이 들려 할 때 내 옆으로 검은 물체가 지나가는 것이 느껴졌다. 다음날 아침에 일어났더니 여우를 보았다는 일행이 몇 명 있었다. 먹이를 구하러 이렇게 인적 있는 곳을 찾아온다고 했다. 잠결에 본 것이 여우였나 보다.

이른 아침 멀리 지평선 위로 하늘이 붉어지기 시작했다. 태양이 장엄하게 드넓은 하늘과 땅을 온통 분홍빛으로 물들이고 있었다. 사람들에게서 멀리 떨어져 나와 두 팔을 벌리고 아침을 맞았다. 신비한 사막의 아침은 나를 새로운 신화의 세계로 밀어 넣고 있었다.

내가 떠나도 밤하늘의 유성은 여전히 흐를 것이고, 사막의 여우는 밤새 먹이를 찾아 잠자는 사람들의 주변을 서성일 테지. 그리고 베두인들은 사막을 거칠게 달릴 것이다. 여행의 묘미는 이런 것이다. 삶은 다양한 것이어서, 내가 경험하지 못하고 생각지 못한 것들이 이 세상엔 가득하다는 것을 체험하게 하는 것.

그 친구 찔레꽃이 되었을까

동네의 작은 산악회에서 친구 여희를 만났다. 우린 봉고차 하나로 새로운 산을 찾아다녔는데, 처음 산행하는 날 내 옆에 앉게 된 사람이 그 친구였다. 그해 겨울은 눈이 많이 왔고 그래서 길이 자주 막히곤 했다. 차창에 부딪치는 눈발을 바라보며 우린 긴 시간 이야기를 나누었다.

이 산악회는 몇 년씩 함께 산을 다닌 사람들이 대부분이었다. 아마 친구는 처음 온 나를 배려했는지도 모른다. 이웃 아줌마처럼 푸근한 인상은 아니었지만 오뚝한 코와 하얀 얼굴엔 지성과 열정이 반짝이고 있었다. 산을 다니며 첫날부터 가까운 사이가 되었다.

우리는 겨울산을 많이도 다녔다. 눈 내린 능선 길을 따라 오르면 바람으로 쌓인 눈은 그 깊이를 알 수 없었다. 발은 내딛는 순간 크레바스의 심연으로 빠져들 듯 눈 속에 잠기곤 했다. 미끄럽고 가파른 길에선 산비탈 눈 속으로 뛰어들었다. 그러면 엉덩이 눈썰매는 속도가 붙어 나무에 걸려서야 겨우 멈추었다.

눈이 녹았는가 하면 어느새 꽃이 피었다. 부드러운 봄바람이 불기 시작하면 산은 온통 야생화 축제였다. 바위 모퉁이에 홀로 핀 꽃은 아름답다 못해 애달프기까지 했다. 이렇게 새롭고 깊고 아름다운 산길을 걷는다는 것은 얼마나 행복한 일인지. 시인 박두진의 '청산도' 구절이 가슴을 쳤다.

산아, 푸른 산아.
네 가슴 향기로운 풀밭에 엎드리면
나는 가슴이 울어라.

산을 오를 때는 한발 한발이 조심스럽다. 친구는 겁이 없고 몸이 날래서 항상 선두에서 펄펄 날듯이 다녔다. 비슬산의 무리지어 핀 진달래꽃을 보며 감탄했고, 그 밀려오는 감동을 친구에게 쏟았다. 수많은 산을 다녔고 추억도 쌓였다. 정상에서 표지석과 함께 찍은 사진은 우리의 산행록이 되었다. 이제 지리산 종주를 계획하며 산사람이 되어 가고 있었다.

어느 날 주흘산을 내려와 문경새재를 걷고 있을 때 한 음식점에서 구성진 노랫소리가 들렸다. '찔레꽃 향기는 너무 슬퍼요. 그래

서 울었지 목 놓아 울었지.' 친구는 장사익이 부른 '찔레꽃' 을 좋
아했다. 친구는 산에 핀 찔레꽃이 되었을까. 꽃무리를 가만히 보
고 있으면 그 하얀 순결함이 친구를 만난 듯했다.

계속 새로운 산만 찾아다니던 우리는 월악산의 새로 개발된 등
산로가 있는 덕주봉을 오르기로 했다. 산은 입구부터가 돌투성이
였고 뾰족한 바위들로 막혀 있었다. 산을 안전하게 오르기 위한
어떤 보조 시설물도 없었다. 있는 것은 선행자들이 높은 바위를
오르기 위해 가느다란 자일을 설치해 놓고 간 것이 고작이었다.

친구는 건너편 암벽 위에 올라, 그 아래 있는 나에게 스틱을 들
고 두 팔을 크게 흔들어 주었다. 나도 두 손을 흔들며 화답했다.
지금도 그 모습이 눈에 선하다. 환한 얼굴로 두 팔을 흔들던 친구
의 모습. 그것이 마지막이었다.

엉금엉금 기다시피하며 커다란 암석 위에 올라가 땀을 닦으며
쉬고 있을 때, 뒤따라오던 대장이 헐레벌떡 나타났다. 산행 선두
에서 무전이 왔다며 친구의 사고 소식을 전해 주었다. 그리고 더
이상 오지 말라며 앞으로 뛰듯이 사라져 갔다. 얼마나 시간이 흘
렀을까. 연락을 받은 산악구조대원들이 우리 앞을 지나갔다.

덕주봉은 바위가 많아 헬리콥터장이 없었다. 곳곳에 산불이
일어나 사다리를 내리는 헬리콥터는 그곳에 동원되어 구하기가
힘들다고 했다. 친구는 나에게 손을 흔들던 그 암벽 너머 조금 더

간 곳에서 발을 헛딛고 말았다. 사고 현장으로 가야 할 것 같았다. 친구의 손이라도 잡아 주고 싶었다. 그러나 우리는 산 아래 휴게소에서 기다릴 수밖에 없었다.

몇 시간이나 지났을까 서울에서 왔다는 헬리콥터가 덕주봉 위에 나타났고, 친구는 월악산 하늘을 날아올랐다. 그러나 다시 깨어나기를 바라는 우리를 두고 그 산을 넘어 영영 가버리고 말았다. 헬기가 조금만 빨리 왔더라도 생명은 살릴 수 있었을 텐데…. 삶과 죽음은 이렇게 어느 순간 문득 갈라져 버린다. 난 어찌해야 할 바를 모르고 낯선 병원의 주변을 서성거렸다.

며칠 후, 친구를 다시 볼 수 없다는 막막함을 달래려 영화 '인디안 썸머'를 보았다. '늦가을 문득 찾아오는 짧은 여름날을 일컫는 인디안 썸머. 시작과 함께 끝나 버린 그 사랑의 시간….' 영화가 좋았는지는 기억에 없다. 영화를 보며 계속 눈물을 흘렸다. 아마 나도 짧았던 시간 친구를 많이 사랑했었나 보다.

찔레꽃 지듯 친구는 그렇게 가버렸다.

한 해 두 해도 아닌
무수한 산행 아득해지고
백설 화려한 난무
달콤한 봄의 산내음

지금도 향기 아련한데

산봉우리 너머 저편 보게 하고

산의 속삭임에 귀 기울이게 만든

님은 요술쟁이인가!

언젠가 밝게 웃으며 나에게 건네 주던 친구가 쓴 시의 일부분이다.

시간이 흘렀다. 나는 친구가 그렇게 하고 싶어 하던 지리산 종주를 했다. 끝없이 이어지던 능선 길과 산장에 자주 피어오르던 짙은 안개 속에 친구도 함께 나타났다가 사라지곤 했다.

지금도 산행을 하다 가끔 친구가 생각날 때면 황동규의 시 '미시령 큰바람' 한 구절이 떠오른다.

바람을 생각할 때마다

나는 작은 새 하나를 꿈꾼다

고개 들고 하늘을 올려다보면 벌써 보이지 않는

그런 얼굴 하나를….

별을 품은 사람

대학교 2학년 겨울에 농촌 계몽을 갔다. 내가 누구에게 무엇을 계몽할 자격이 된다고 생각은 안 했지만, 프로그램 따라 일주일을 때우면 3학점이 나온다니 학점관리 차원에서 간 것이다.

경기도 이천에 있는 작은 농촌이었다. 그 당시 농촌은 가난했고 쓰러져 가는 초가지붕도 많이 있었다. 우리나라가 새마을운동을 막 시작하던 시기였는데 나는 청소년 모임인 4H클럽을 맡게 되었다. 그곳에서 무얼 했는지 지금 생각나는 것은 없다. 그러나 훤칠한 키에 우수어린 눈빛의 청년 한 사람은 잊을 수 없다. 커다란 두 눈에 별빛을 가득 담고 있던 아름다운 청년. 처음 본 순간 그에게서 오랫동안 눈을 뗄 수 없었다.

내 대학시절은 결핍의 시기였다. 어렸을 때는 학교와 집을 오가면 되었지만 대학의 무한한 자유는 오히려 내 정신을 구속하고 방황하게 했다. 주로 도서관에서 책을 읽거나 근처 다방에서 음악을 듣는 것이 수업 후의 일과였다.

젊음은 무언가 극복해야 할 것들로 가득 차 있었다. 그런데 학점을 따기 위해 간 농촌에서 나보다 더 정신적 허기로 힘들어하는 그 청년을 만났던 것이다. 가난한 농촌에서 그는 진학을 못하고 집에서 농사일을 돕고 있었다.

그 시절엔 농촌에 가로등이 없었는데 4H모임이 끝나면 칠흑같은 밤길을 숙소까지 걸어야 했다. 그때 그 청년이 밤길을 동행해 주었다. 가는 길엔 눈 내린 들판과 불빛도 없는 집들이 드문드문 보였다. 우리가 걸을 때면 하늘엔 별빛이 쏟아질 듯 가득했다. 우린 현실과 동떨어진 얘기만 했다.

"저기 북두칠성이 보이네요."

"지구는 별이 아니래요. 스스로 빛을 낼 수 있어야 별이라 하는데 지구는 태양별 주위를 도는 행성, 그러니까 별 찌꺼기라 할 수 있지요."

얼어붙은 논두렁 밭두렁을 지날 때면 자연스레 손도 잡아 주고 어깨도 스쳤는데 그 느낌이 따뜻했다.

"우리에게 가장 가까운 별은 알파 센타우리로 4광년 이상 떨어져 있대요. 빛의 속도가 일초에 지구 일곱 바퀴 반을 도니까…"

목소리의 떨림을 느끼고 바라본 그의 눈은 별빛으로 물들어 있었다. 가슴이 쓰려왔다. 왈칵 품에 안고 그의 아픔을 위로해 주고 싶었지만 그건 마음뿐이었다. 내가 대학에 별 의미를 느끼지 못하고 있을 때, 이 청년은 현실에서의 결핍을 손이 닿을 수 없는 별의 세계에서 위로받고 있는 듯했다.

뛰어넘을 수 없는 현실의 벽에 얼마나 많은 날들을 괴로워했을까. 밤하늘의 별자리를 찾으며 이룰 수 없는 꿈을 품게 되었을 것이다. 언젠가 다시 공부를 하겠다고 했다.

"천문학을 하고 싶어요."

그는 천천히 한마디 한마디에 힘을 주어 말했다.

내가 만일 앞뒤 재지 않고 첫눈에 반한 사람과 달아날 용기가 있었다면 나의 운명은 많이 달라졌을 것이다. 아마도 지금쯤 넓은 농장을 가꾸고 별을 헤이며 같이 늙어 갈 수 있었을지도…. 그러나 그것은 별처럼 닿을 수 없는 꿈이었다.

일주일 후 나는 그곳을 떠나왔다. 헤어지던 날 그의 눈빛은 밤하늘보다 더 깊었다. 다시 그를 볼 수 있을까.

학교로 돌아와서도 한동안 그 청년이 생각났다. 간절한 마음으로 꿈을 잃지 말라고 편지를 보낸 기억이 난다. 그리고 차츰 잊혀졌을 게다.

He was Beautiful,

Beautiful to my eyes

From the moment I saw him

Sun filled the sky.

영화 '디어헌터'에 나오는 카바티나. 지금도 이 노래를 들으면 그 청년이 생각나고 내 젊은 날이 떠오른다. 그는 아름다웠다!

장족의 처녀가 되어

다시 돌아오기 위해 떠난다는 말이 있다. 그러나 삶
이란 어차피 다시 돌아오지 못할 긴긴 여행이다.

중국 사천성에서도 오지에 속하는 곳, 지구의 낯선
땅을 향해 걸으며 사람살이의 애틋함과 우리와 다른 풍경들을 목
이 메도록 눈에 담았다. 그리고 다시 보지 못할 많은 것들과 순간
순간의 작별을 고했다. 볼이 붉어 어여쁜 장족의 처녀여, 그곳에
서 자연스레 그렇게 사시라. 거대한 산맥의 한 자락에서 꿀도 따
고 흰 구름 바라보며. 어느 때인가 들꽃을 따 주는 아름다운 장족
의 청년을 만나 사랑하며 사시라.

곤륜산맥의 한 자락 민산산맥의 계곡에서 발원하는 민강은, 저 머
나먼 장강과의 만남을 위해 흐르고 있었다. 때론 조용히, 때론 거친
물살을 일으키며. 그 물길은 중국의 기나긴 역사를 품어 안고 있는

듯 길고 길었다. 강을 끼고 내가 탄 35인승 버스는 거대한 산맥의 가슴을 휘도는 좁은 산길을 하루해가 기울도록 기어올랐다. 그 첩첩 산중에 중국의 소수민족인 장족과 강족, 회족이 살고 있었다.

삶이란 얼마나 애틋한가. 그 척박한 산 속에서 집 옆에 사과나무를 심고, 산비탈을 일구어 옥수수를 심었다. 울타리에 피어 있는 달리아, 접시꽃! 우리가 어릴 적 많이 보던 정다운 꽃. 어쨌든 사람의 향기는 꽃보다 감미롭다. 인간은 아무리 어려운 처지에서도 꽃을 가꾼다.

염소와 야크는 그들의 큰 재산이다. 관광객들은 몇 푼 돈을 주고 꽃단장한 야크와 함께 기념사진을 찍었다. 나도 주변을 보며 계속 셔터를 눌렀다. 염소가 떼를 지어 버스의 진로를 막았다. 염소가 다치면 그 값의 열 배를 물어주어야 한다고 했다. 버스는 조심스레 피했다. 고도가 높아 갈수록 나무는 키를 낮추었다.

구채구의 물을 보면 다른 물은 보지 않는다는 중국인들. 그리고 '이승의 선경'이라는 황룡. 이 두 곳은 유네스코 세계자연유산으로 등록된 청정한 자연이 그대로 보존된 곳이다. 사람들은 이곳의 물을 보기 위해 먼 길을 달려온다.

언젠가 서해의 홍도 앞바다에서 무지개색 물빛을 보았다. 그러나 그 바닷물은 잔잔한 파도로 계속 흔들리는 빛이었다. 이곳 구채구에서 바라본 수많은 호수의 물빛은 움직임이 없었다. 그 맑고 신비한 색깔의 물빛은 어떻게 이루어진 것일까. 쪽빛 같다고 사람들은 말했다. 맑은 물에 농도가 다른 잉크를 풀어놓은 것 같기도 했다. 그러나 푸른빛만 나는 것은 아니었다. 초록색, 노란색, 연두색, 말로 표현되면 먼지가 묻어 버릴 것 같은 해맑은 빛의 조화! 다섯 가지 빛깔이 난다 하여 오채지五彩池라 이름 붙인 곳도 있었다.

사람은 살아가는 곳의 자연을 닮아가는 것인가. 이곳서 만난 사람들은 모두 맑은 영혼을 가진 듯 순수해 보였다. 호수는 순결함으로 다가오며 나에게 말하는 듯했다. 너도 혼탁한 네 영혼을 깨끗이 정화시켜 보라고. 그리고 단순하고 맑은 마음으로 살아보라고. 정말 내 몸과 마음의 정결의식을 치르고 싶었다.

구채구에서 눈이 시리도록 아름다운 물빛을 보고 나서 산맥의 허리와 능선 길을 계속 올랐다. 자욱한 안개 사이로 보이는 장족과 강족 마을들. 산맥의 아래편엔 구름이 휘돌고 멀리 만년설이 보였다.

황룡은 해발 3,000m가 넘는다. 황룡계곡을 따라 길게 이어진 가지각색의 수많은 연못을 지나 황룡사 뒤편, 계곡의 정점인 오채지에 이르렀다. 아름답게 펼쳐진 다섯 가지 물빛의 연못. 높은 산맥 위로 오르는 계곡의 물안개가 환상적이었다. 이제 무엇을 더 바랄 수 있으랴. 황룡의 물안개 되어 자연으로 깃들까. 꿈속에 장족의 처녀 되어 들꽃 따 주는 아름다운 청년을 만날까.

우리는 죽어서 별이 될까

눈 내리는 저녁 어스름에 공원으로 산책을 나갔다. 짙은 회색빛 하늘에서 끝도 없이 날리는 눈발. 가로등 불빛 아래 탐스런 눈송이들이 꽃잎 지듯 아름다웠다. 빛바랜 영산홍 무리 위에, 앙상한 활엽수 가지 위에 내려 쌓이는 눈은 무채색의 순결함과 경건함까지 느끼게 해 주었다. 오가는 사람은 보이지 않았다. 내가 쓴 우산 위에 눈 내리는 소리 사각거리는데, 언젠가 눈 오는 산속에 누워서 듣던 침묵의 소리였다. 흐르는 시간의 풍경 속에서 오랜만에 기도처럼 나를 응시해 볼 수 있었다.

새해라고 달라질 것도 없고 이제 날짜나 나이를 세는 것에도 무감해졌다. 가슴 가득 우주를 품어 볼 때도 있었고, 한때는 무언가 세상의 신비를 풀어 볼 수도 있을 것 같았다. 그러나 시간 속에 색이 바래듯 내 정신의 총기와 에너지가 사라져 감을 느낀다. 오늘처럼 눈으로 하얗게 변해 버린 풍경을 바라보며 차 한잔 마실 여유마저도 언젠가는 사라져 버릴 것이다. 살금살금 도둑처럼 몰래 몸과 마음을 갉아먹는 시간을 어찌할 수 있단 말인가.

이렇게 시간과 나를 생각하고 있을 때 우연히 보르헤스를 만났다. 그는 시간이 나와 별개가 아니라고 한다. 시간이 바로 나의 본질이라고. 시간은 나를 휩쓸고 가는 강이지만, 내가 바로 그 강이라고. 과거도 미래도 허상일 뿐이고 바로 이 순간의 현재만 있을 뿐이라 말한다.

그가 말하는 진실로 존재하는 유일한 시간인 현재 속에서, 진정한 나와 대면하는 순간, 즉 깨달음의 순간을 가져볼 수 있을까. 삶과 죽음을 넘어서는 깨우침. 범인이 어찌 그런 돈오頓悟의 경지에 이를 수 있으랴. 그러나 인생의 사유 과정을 통해 정신이 더 성숙해질 수 있다면 죽음의 문제도 조금은 더 쉽게 받아들일 수 있지 않을까.

얼마 전 노부부의 마지막을 다룬 프랑스 영화 '아무르'를 보았다. 늙어 죽어가는 슬픔이 어둡게 전해져 왔다. 영화에서의 마지막 반전처럼, 병들고 아파서 죽는 일이 사랑이라는 이름으로 그리도 끔찍하게 끝내져야만 하는지. 겪어 보지 않고 무엇을 말할 수 있으랴. 태어날 때 고통의 터널을 뚫고 나왔듯 죽음에도 필시 고통이 따라야 한다면, 준비된 마음의 자세가 중요할 것 같다. 고통을 지레 두려워하는 것처럼 어리석은 일이 있을까. 고통보다 피하고 싶은 것이 두려움인 것을.

사람은 통증으로 인격체계가 무너지는 것을 막아 준다면 대부분 살아왔던 모습으로 죽는다고 한다. 그래서 고통받는 환자들을 위해 하나님이 주신 선물이 모르핀이라고. 모르핀은 통증에 대한 내성도 없고 환자들에게는 중독이 거의 안 된다고 한다. 의사의 이해 부족으로 아직 우리나라 환자에 대한 모르핀 투여는 아프리카 수준이라고. 아직은 육체적으로 건강한 편이니 더 늦어지기 전에, 내 안에 간혹 남아 있는 불안과 두려움을 떨칠 수 있는 영혼의 자유와 신앙적 성숙을 얻기 원할 뿐이다.

인간의 정신은 작은 우주이고, 그 안에서 자신만의 고유한 빛을 내며 살다 가는 것. 시간 속에 인간은 스러질 수밖에 없고, 생명이 죽는다는 것은 참 어려운 일이라 느껴진다. 쉽기야 하겠는가. 별이 스러지는 일인데. 우주가 무너지는 일인데.

시간 속에 인간은 필패라는데, 생각해 보면 패배랄 것도 없다. 우주의 별이 수명을 다해 대폭발을 하고 그때 생긴 먼지들이 흩어져 신생하는 다른 별들의 재료가 되듯이 내 생명의 에너지는 불변하는 것이니까. 광대한 우주와 시간을 생각하면 인간의 생명 기간은 찰나임에도, 이 찰나의 생명 속에 우주를 품어 볼 수도 있으니 인간의 유한함을 슬퍼할 필요도 없겠다.

언젠가 천문학자 전영범 박사는 블랙홀이 별을 삼키며 갑자기 밝아지는 순간을 촬영했다. 빛의 속도로 39억 년을 날아가야 도달하는 거리였다. 그러니까 39억 년 전에 폭발한 빛을 지금에서야 촬영한 것이다. 천체망원경은 과거로 돌아가는 타임머신인 셈이다.

장엄한 자연과학의 세계와 인간의 영성과 마음의 흐름을 어떻게 화해시킬지 나는 모른다. 스티븐 호킹은 말한다. "물리학 법칙은 인간을 위해 인식할 수 있는 목적을 제공하지 않는다. 자연의 궁극적 법칙은 으스스하고 차가운 비인간적 특성을 가지고 있다"라고.

우주가 생겨난 것은 약 137억 년 전이고 빅뱅 이후 우주는 계속 팽창하고 있다고 한다. 우주의 생성은 우연일까, 신의 뜻일까. 우연과 필연의 차이는 뭘까. 과학과 영성은 합일점이 없는 것일까. 자연의 질서와 인간 내면의 도덕률을 생각하면 난 꼭 '섭리攝理'가 있을 것이란 생각을 하게 된다.

"누가 철학과 헛된 속임수로 너희를 노략할까 주의하라. 이것이 사람의 유전과 세상의 초등 학문을 좇음이요."

신약 골로새서에 있는 구절이다. 인간의 머리로 우주적 우연과 필연을 풀어낼 수도 없고, 빛과 어둠 그리고 죽음과 생성의 비밀을 알아낼 수도 없을 것 같다는 생각을 해 본다.

하나의 은하는 천억 개의 별들로 이루어져 있다고 한다. 지금까지 죽은 사람이 천억 명 정도 된다고 하니 사람이 죽으면 별이 된다고 하는 말이 혹시 사실일까.

김
동...
식

2014.

나의 작은 행복

1.

이른 아침, 탄천으로 나선다. 행복한 하루를 여는 의
식. MP3에선 베토벤의 '전원'이 흘러나온다. 가는
길엔 묵주기도를 드린다. 무늬만 신자여서 기도가 익숙지 않은 나
에게 아주 알맞은 기도 시간이다. 나도 이젠 하느님의 관심을 끌
시점에 이르지 않았는가.

한 시간 걷기의 반환점은 징검다리가 있는 곳이다. 그곳엔 차량
소음이 없어 한적하다. 잠시 징검다리 가운데 선다. 눈을 감는다.
적막으로 물 흐르는 소리만 들린다. 평화롭다. 눈을 감고 있으면
속세가 저만치 물러나 있다.

오는 길은 언제나 느긋하다. MP3에서는 오랜 팝송이 흘러나온
다. 산란을 위해 물을 거슬러 오르는 잉어 무리를 본다. 아침거리

를 찾는지 오리들이 줄지어 물속을 기웃거린다. 오리 먹이로 잉어는 너무 큰가. 먹고 먹히는 세상에선 일단 등치가 크고 봐야 되는 모양이다.

둑에 늘어선 나무들. 벚나무, 개나리, 목련, 그들은 한때의 화려함을 뒤로하고 지금은 초록 일색으로 덤덤히 서 있다. 천변의 버드나무와 갈대가 바람에 나부끼고 있다. 생각도 따라서 나부낀다. 책 생각, 바둑 생각, 골프 생각, 딸 생각, 증권 생각, 행복하다는 생각. 생각은 거기서 멈춘다. 한 시간의 탄천 걷기는 일상의 행복을 확인하는 시간이다.

2.

산에 간다. 높은 산이 아니더라도 정상에 서면 언제나 성취감을 느끼게 된다. 그래서 너나없이 산을 오르는지도 모른다. 내려올 땐 여유롭다. 오늘의 짙은 녹음, 한때는 앙상한 나무였다는 것이 믿기지 않는다. 먼 뻐꾸기 소리는 산의 깊이를 가늠하게 한다. 길따라 흐르는 냇물은 맑고 청량하다. 눈과 귀로 흘러와 내 가슴으로 스며든다.

발길도 눈길도 미치지 않는 외딴 곳을 더듬으면 들꽃이 나지막이 웃고 있다. 농로를 따라 드문드문 보이는 농가의 풍경은 언제봐도 평화롭다. 고향 모습이 어른거린다. 가난한 채소밭, 그 풋풋한 초록의 냄새.

막걸리는 산행의 마무리다. 거나해진 친구가 말한다.

"고운 산을 다녀와서 좋은 친구들과 한잔 할 수 있다는 것은 복 중의 복이야."

"맞아, 맞아."

나는 맞장구를 치며 그의 행복론에 전적으로 동의한다.

3.

바둑 두는 날이다. 바둑판은 언제나 전쟁터다. 전면전도 있고 국지전도 있다. 가로세로 열아홉 줄의 나무판과 흑백의 돌만 있는데 거기엔 언제나 전운이 자욱하다.

전략도 있고 음모도 있다. 전략과 전술의 여하에 따라 광대한 영토를 구축할 수도 있고 두 눈만 빠끔히 내고 구차하게 목숨을 부지하는 불운도 있다.

수북한 포로들은 전쟁의 참상을 말해 준다. 포로를 서로 돌려주고 영토의 크기를 헤아려 이긴 자와 진 자를 가른다. 돌을 거두면 열아홉 줄 반상엔 다시 평화가 온다.

서너 시간이 눈 깜빡할 사이에 흐른다. 집중과 몰입, 거기서 오는 재미 때문이다. 일어날 땐 항상 아쉽다. 이겨도 즐겁지만 져도 즐겁다.

4.

책을 읽는다. 어떤 날은 하루 종일 읽는다. 수필을 주로 읽지만 이런저런 다른 책들도 읽는다. 수필은 교과서로 읽고 다른 것들은 참고서로 읽는다. 내겐 소망이 하나 있다. 아니, 목표가 있다. 좋은 글 쓰는 일.

"인생의 비극이란 목표를 달성하지 못하는 것이 아니라 달성할 목표가 없다는 것이다. 목표를 달성하지 못하는 것은 치욕이 아니다. 달성할 목표가 없는 것이 치욕이다."

왼쪽 무릎 밑이 없는 육상선수, 아테네 패럴림픽Paralympics 5관왕, 나탈리 뒤 투아Natalie Du Toit의 말이다.

목표 있는 삶 = 비극 없는 삶 + 치욕 없는 삶 = 보람 있는 삶.

인생엔 정답이나 정형이 없다지만 이 '방정식'은 그럴싸해 보인다.

5.

오랜만에 만난 친구가 묻는다.

"요즈음 뭘 하고 지내?"

"음, 잘 지내고 있어. 즐겁고 행복하게."

"뭘 하기에 그렇게 즐겁고 행복하지?"

나는 탄천 걷기, 산행, 바둑, 글쓰기를 말해 준다. 얼굴을 돌리는 그의 옆모습에서 희미한 미소를 본다. 나는 그 미소의 의미를 알려고 하지 않는다.

6.

고등학교와 대학교를 손잡고 다니던 친구가 있었다. 등산을 좋아하는 성공한 사업가였다. 어느 날 낯선 산을 오르다가 추락했다. 백 살에 백두산을 가야 제격이라며 백두산 산행을 미루던 친구였다. 아직도 가끔 꿈에서 본다. '식아' 하며 손을 내밀고 웃으며 다가오는 그를 본다.

같은 대학을 나와 사회생활도 같이 한 친구가 있었다. 스쿠버 다이빙 마니아였다. 필리핀 어느 물속에서 실종됐다. 일주일 넘어 물속을 뒤졌으나 찾아낸 것은 스쿠버 다이빙 장비 조각뿐이었다. 문상 간 내게 미망인이 울먹이며 말했다.

"그이가 미워 죽겠어요. 자기만 좋은 일 하다가 훌쩍 떠나 버리고, 나는…."

격월로 한 번씩 만나는 모임의 멤버였던 친구가 있었다. 폐암에 걸렸으나 1년여의 고생 끝에 완치되었다. 밝은 얼굴로 모임에도 다시 나오고 한참 후엔 포도주도 한두 잔 할 수 있게 됐다. 완치 후 5년이 지나자 모두 불안에서 벗어났다. 어느 날 급히 입원했다는 소식을 들었고 며칠 안 돼 세상을 떠났다. 폐암이 아니라 후유증으로 온 백혈병이 원인이었다.

오랜 친구들이 어이없이 떠나는 것을 보며 살아 있다는 사실이 이미 큰 축복이고 기쁨임을 깨닫는다.

가끔 새벽미사를 드린다. 미사가 끝나고 30분 정도 더 머문다. 신자들이 모두 떠난 성당 안은 어둡고 고요하다. 조명을 받고 있는 고상만이 빛나고 있을 뿐. 홀로 머무는 그때만큼은 절대적 존재와 나 둘만이 함께 있는 시간이다. 감사하는 시간이다. 살아 있음에 대하여, 일상의 행복에 대하여.

질주본능

택시 기사가 말한다.

"4,500원 나왔습니다."

지갑에서 천 원짜리 다섯 장을 꺼내 준다.

"잔돈은 그냥 가지세요. 수고하셨어요."

차 안과 밖의 온도차로 잠시 숨이 막히는 듯하다. 몇 걸음 옮기며 무심코 왼쪽 바지주머니를 만져본다. 도톰한 부피로 감촉되어야 할 지갑이 없다. 맙소사. 옷에 붙어 있는 주머니란 주머니를 더듬어대는 손길이 황급하다. 어디에도 지갑은 없다. 급히 쫓는 내 눈길에서 택시는 골목길을 꼬부라져 사라지고 있다. 뛴다. 숨이 턱턱 막히는 열대야 속을 무조건 뛴다.

다소간의 현찰. 이것들 없이는 나 자신조차 증명할 길이 없는 주민등록증, 운전면허증. 밥집이든 술집이든 먹고 마시고 쓱 내밀기만 하면 두 손 모아 받아들이는 신통력의 카드 두 개. 이런 소중한 것들을 갈피갈피에 간직하고 있는 지갑.

나는 택시가 사라진 방향으로 좁은 보도를 따라 열대야 속을 질주한다. 땅거미 지는 거리엔 도시의 불빛이 밝아오고 있다. 퇴근 길을 서두르는 사람들, 힘들었던 하루를 한잔 대포로 달래려 뒷골목을 기웃거리는 월급쟁이들 사이를 누비며 달린다. 영화 속의 민완형사? 이 나이에 민완형사는 무슨.

처음엔 반사적으로 뛰었다. 내 물건을 되찾아야 한다는 소유본능 때문이었을 거다. 뛰며 생각은 소유본능을 벗어난다. 현금은 이미 관심 밖이다. 신분증과 카드를 잃은 후의 위험도 마음에 걸리지만 그 성가신 수속절차가 싫어 뛰는 것이다. 분실신고, 재발급 신청으로 시간을 쓰고 기다리고 하는 일은 너무 억울하다. 땡볕 속에 은행, 주민센터, 경찰서로 뛰어다닐 일이 끔찍하다.

2백 미터쯤 달렸을까. 숨이 턱에 차고 다리에 힘이 풀린다. 순간이지만 달리며 승산에 대한 계산이 나름대로 서 있었다. 택시는 내가 내린 곳에서 4백여 미터 남짓 되는 분당롯데백화점 동쪽 정문쯤에서 대기할 것이다. 그곳엔 늘 빈 택시 몇 대가 줄 서 있는 것을 보아왔기 때문이다. 내가 그 거리를 달리는 데 2분이 걸린다면 택시는 30초도 안 걸려 그곳에 도착할 것이다. 택시가 1분 30초만 대기한다면 성공이다.

계산과 현실은 꼭 일치하지는 않는다. 2백 미터, 1분도 채 안 돼 주저앉게 생겼으니 어떻게 해야 한단 말인가. 멀리 백화점 구름다리 밑에 파란 빈차 표시등 두 개가 어렴풋이 보인다. 틀림없이 둘 중의 하나일 것이다. 다시 뛴다. 그러나 마음뿐이다. 다리는 이미 힘이 풀려 있었다.

잰걸음으로 목표를 향해 간다. 가도 가도 빈차 표시등은 아득히 그 자리에 머물러 있다. '에이 까짓것, 포기하자. 이러다간 내게 큰 탈이 날 수도 있지.' 나이 모르고 일심으로 뛰다가 축구장에서 세상을 등진 옛 배우의 모습이 떠오른다. 그깟 지갑이 뭐 그리 중요하다고 목숨과 바꾸랴.

한 50여 미터 더 갔을까. 택시 두 대 중 한 대가 U턴을 해 돌아온다. 길 건너편을 지나는 택시를 향해 손을 흔들며 "택시, 택시" 하고 고함을 치지만 차는 길 건너의 나를 지나친다. 기사는 오른쪽 보도의 손님만 살피지 길 건너쪽은 보질 않는 모양이다. 아, 저 차에 내 지갑이 들어앉아 있다면? 온몸의 힘이 빠져 주저앉고만 싶다.

다행히 빈차 표시등 하나는 그대로 서 있다. 이제 150여 미터의 거리, 3, 40초만 더 달리면 잡을 수 있을 것이다. 택시여, 제발 기다려다오. 기운을 차려 처음 시작한 속도로 다시 뛴다.

이제 지갑은 더 이상 목표가 아니다. 평생 금기로 삼아 온 '포기'

를 받아들일 수 없어서다. 그깟 3, 40초 뛰기를 마다하고 희망을 포기한 채 빈손으로 돌아서는 것은 있을 수 없다. 40여 년의 회사 생활을 하며 시작부터 성공이 보장되어 있던 일이 언제 있었던가. 시작은 언제나 막막했다. 뛰면서 희망을 보았고 난관에도 포기하지 않음으로써 성취에 이르지 않았던가. 이건 사회생활과는 무관한 사소한 개인의 사건임으로, 나이가 들었음으로, 숨이 참으로, 이런 구실들로 주저앉으면 그 포기의 상처가 두고두고 남을 것이다.

50미터쯤 남은 것 같다. 빈차 표시등이 뚜렷이 시야에 든다. 속보로 걸어도 20초면 닿을 것이다. 그 순간, 모든 희망이 와르르 무너진다. 택시가 앞으로 움직이는 것이 아닌가. 기다려도 손님이 없어 다른 데로 떠나는 모양이다. '이젠 모두 끝났구나. 그래 가라.' 소진된 기력으로 떠나는 차를 따라잡을 가능성은 완전 제로다.

운이 좋아 훗날 지갑이 돌아온다면 돌려준 그 사람이 고마울 것이고, 그런 고마운 사람이 살고 있는 이 사회가 아름답다고 칭송하리라. 안 돌아오면 그뿐, 나의 실수를 탓할지언정 사람이나 사회를 원망하지는 않으리라.

헐떡이면서도 시선을 떼지 않고 있던 그 택시가 앞으로 주춤주춤 가다가 U턴을 한다. 그러고는 내 집념의 자력에 끌리듯 내게로 다가온다. 나는 찻길을 건너뛰어 택시가 올 차선에 버티고 선다. 두 손을 마구 흔들며. 택시는 내 앞에 섰고, 나는 문을 열고 운전기사 얼굴을 확인한다. 잠시 전에 얼핏 본 얼굴인데 분명치가 않다.

"좀 전에 저쪽 코너에서 내린 사람인데요. 저 알아보시겠어요?"

"글쎄요, 잘 기억이 안 나네요."

"아, 왜 4대강 얘기하며 왔잖아요."

"아, 예. 그런데 왜 차를 급히 세우는 거죠? 어딜 또 가시려구요?"

"그게 아니고 제가 아까 요금을 드리고 지갑을 차에 놓고 내린 것 같아서요. 혹시 지갑 못 보셨어요?"

"지갑이요? 손님 자리는 보지도 않았는데요. 잘 찾아보시죠."

말하는 동안 나는 어둑한 차 안, 내가 앉았던 자리를 더듬고 있다. 의자 위, 바닥 모두 뒤졌는데도 지갑은 보이지 않는다. 천신만고 끝에 내가 탔던 차를 붙들었는데 안에 있어야 할 지갑의 종적이 없다니. 이젠 어찌해야 하나.

"기사님, 차 안엔 없는 것 같네요. 내가 내린 곳 근방의 길바닥에 떨어뜨렸을지도 모르니 나와 함께 그곳으로 갑시다."

내가 내린 지점으로 돌아왔다.

"잠깐 찾아보고 올 테니 여기 서 계세요."

택시 문을 열어 놓은 채 급히 근방을 살펴본다. 아무 데도 지갑은 없다. 한탄을 하며 택시 쪽으로 돌아온다.

"기사님, 길바닥에도 없네요. 차 안을 다시 한 번 볼게요."

"빨리 하세요."

나도 참 질긴 사람이다. 무슨 가능성이 있어 이미 확인한 차 안을 다시 뒤지려 든단 말인가.

"어, 여기 내 지갑. 찾았어요."

지갑은 의자와 문 사이 공간에 비스듬히 누워 입을 반쯤 벌린 채 나를 올려다보고 있었다. 아까는 불빛도 없는 데서 의자 위와 발 놓는 부분만 보았을 뿐 문 사이는 지나쳤다. 지금은 길 옆 상가에서 비치는 불빛에 지갑이 눈에 들어온 것이다.

성취에 뒤이어 오는 허탈감과 함께 잠시 잊었던 더위와 피로가 몰려왔다. 얼굴이라도 씻을 생각으로 길가 호프집에 들러 생맥주 한 잔을 주문해 놓고 화장실을 찾았다. 거울에 낯선 얼굴 하나가 지친 눈길로 나를 바라보고 있었다. 소나기를 맞은 듯 후줄근한 입성에 땀으로 얼룩진 벌건 얼굴, 헝클어진 머리카락…. 물끄러미 들여다보던 내가 낯선 그에게 말한다.

"모양이 흉하네. 네 몸에 밴 '질주본능'이 이젠 미덕도 자랑도 아니라는 걸 알아야 해. 지갑 아니라 더한 것을 잃었다 해도 뛰지 마. 하나둘 잊어가는 것, 뭔가 잃어버리는 것들, 이젠 별난 일이 아니야. 의연한 자세를 잃지 않도록. 얼굴 씻어. 그리고 머리도 단정히 빗고 돌아가. 시원한 맥주가 기다리고 있잖아. 애썼어."

사람 구경하는 즐거움

틈날 때 가끔 들르는 카페가 있다. 집에서 일부러 갈 때도 있고 외출했다가 오는 길에 들르기도 한다. 어느 때 들러도 한적해서 좋다.

그곳엔 다른 데는 없는 호사 시설이 하나 있다. 창가를 따라 나란히 걸어놓은 그네 의자가 그것이다. 따뜻한 커피 한 잔을 놓고 그네에 앉아 흔들거리며 오가는 사람들을 본다. 즐겁다.

양쪽 상가건물을 따라 이어진 거리를 오가는 사람들 모습은 천태만상이다. 세일즈맨인 듯 가방을 든 한 젊은이가 잰걸음으로 사라진다. 느긋하게 쇼윈도를 기웃거리는 중년부인도 눈에 띈다.

창으로 차단되어 밖의 풍경이 무성영화를 보는 것 같다. 사람들의 모습만으로 그들이 웃고 있는 건지, 목청 높여 다투는 건지, 심각한 얘기를 나누는 건지 어림잡을 수 있다.

아슬아슬한 미니스커트나 핫팬츠, 스키니 바지로 각선미를 돋보이게 하는 젊은 여성들도 눈에 들어온다. 사람들 사이로 다람쥐처럼 달리는 어린 학생 하나가 지팡이를 의지하고 걷는 노인을 스치며 지나간다. 잠시 움찔하던 노인이 허리를 펴고 사라져 가는 아이를 아득한 눈길로 바라보며 입술을 들썩인다. 들썩이는 입술은 무엇을 말하고 있는 걸까.

나는 삶의 거리를 보고 있는 중이다. 누구도 그들의 삶에 대해 얘기해 주지 않지만 내 임의로, 나의 재미로 그들의 어제와 오늘을 짚어 본다. 무성영화 같은 사람 풍경에서 그들의 행불행을 읽어 본다. 즐거운 사람, 우울한 사람을 가려 본다. 누가 이 영화의 연출자일까. 알 수가 없다. 다만 나는 하나의 관객에 불과하다는 사실만은 분명하다. 커피잔을 들고 그네 의자에 흔들리며 그들의 삶을 분별해 보는 국외자 역을 자임해 본다.

사람 구경하기를 좋아하는 버릇은 젊은 시절 맨해튼과 튀니스에서 얻은 오랜 추억에서 비롯된 것이지도 모른다.

맨해튼의 오후는 고객 방문으로 하루가 저문다. 금융기관, 바이어, 기자재 공급사에 이르기까지 빼곡히 스케줄을 만들어 사무실로, 호텔로, 식당으로 뛰어다닌다. 이 스케줄 사이에 2, 30분 틈이 생기면 아무 카페나 들른다. 날씨만 허용하면 노천카페가 좋다.

맨해튼 거리는 세계의 축소판이다. 여기에선 모든 색깔의 인종을 한자리에서 다 구경할 수 있다. 사람들의 모양과 크기도 갖가지다. 2미터를 훌쩍 넘는 키에 카우보이 모자를 쓰고 박차 달린 부츠를 신은 텍산이 휘청거리며 걷고 있다. 1미터도 채 안 되는 키에 머리만 유난히 큰 남자가 짧은 다리로 종종걸음을 치며 그를 쫓아간다. 두 사람은 친구일까. 150kg? 200kg? 도저히 짐작이 안 가는 거구가 동산만 한 배를 내밀고 뒤뚱걸음으로 지나간다. 한손엔 콜라병을 또 한손엔 핫도그를 들고.

신체의 상하 균형을 완전히 도외시한 몸매도 본다. 하체는 보통인데 가슴둘레만 엄청난 여인이 있는가 하면 그 반대의 불균형도 있다. 그들은 어디에서 옷을 사 입을까.

맨해튼의 미니스커트는 다르다. 30도만 상체를 구부려도 속옷 일부가 보일 정도다. 이런 스커트를 입은 여인들은 모두 영화배우나 모델 같다. 휘날리는 긴 금발에 푸른 눈, 허리 곡선과 엉덩이를 거쳐 길게 쭉 뻗은 각선을 보노라면 커피를 마시다가 흘릴 지경이다.

옷차림은 대중이 없다. 여기에선 밍크코트가 여성 전유물이 아니다. 치렁치렁한 밍크코트를 입고 다니는 남성들이 허다하다. 습한 맨해튼의 겨울은 냉기가 뼛속을 파고든다. 이 추위에 여름 바지, 반소매 티셔츠 차림으로 길거리에서 일하는 이들을 흔히 본다. 밍크코트와 반소매가 공존하는 사회, 그곳이 맨해튼이다.

맨해튼 카페에서의 사람 구경은 오가는 인간들의 기이한 외양만을 볼 뿐, 그들의 속사정 같은 것에 대해선 상상조차 해 보려 하지 않는다. 그들의 어제와 오늘을 짐작해 볼 수 없으며, 행불행에 대한 점치기도 엄두가 안 나기 때문이다. 언제고 훌쩍 떠나면 그만일 이방인의 입장이기에 그럴는지도 모른다.

북아프리카의 튀니지는 지중해를 머리에 이고 있다. 정치, 사회, 문화, 모든 면에서 지중해 국가, 특히 프랑스의 영향을 많이 받았다. 98%가 이슬람 민족이지만 중동 국가 같은 엄한 종교적 풍경은 흔치않다.

수도 튀니스에서 한 시간 정도 동쪽으로 달리면 하늘과 바다의 구획이 가물가물한 짙푸른 빛깔의 지중해와 맞닥뜨린다. 눈부신 백사장이 넓고 길게 뻗어 있다. 한여름인데도 한적하다. 나직이 밀려와 하얀 띠를 이루며 부서지는 포말이 얕고 잔잔하다. 간간이 들려오는 프랑스 억양의 웃음소리, 박수소리가 낮은 파도소리와 뒤섞일 뿐, 긴 해변은 도시의 소음과 차단되어 있어 온전히 평화스럽다.

해변을 따라 내려가다 보면 일반 관광객들이 모여 노는 구역이 굵은 로프 하나로 차단되어 있다. 여기가 경계선이다. 이 줄을 타고 넘으면 전라가 허용되는 누드비치가 된다. 밧줄을 사이에 두고 옷 입은 현세와 옷 벗은 천국이 엄정히 갈린다. 천국-죄가 존재하지 않는 곳─갓난아이처럼 선한 사람들만 사는 곳엔 부끄러움을 가릴 옷이라는 것이 필요 없지 않을까.

오래전 튀니스에 잠시 머물 기회가 있었을 때였다. 주말은 이 누드촌에서 천국의 사람들을 구경하며 지냈다. 죄 많은 나는 차마 전라가 될 수 없어 수영복 하나만 걸치고 종일 그들을 구경했다.

선탠 하는 남녀 모두는 긴 타월을 깔고 반듯이 누워 있거나 엎드려 있다. 선글라스가 그들의 몸에 걸쳐 있는 유일한 가리개다. 해변 한쪽에선 10여 명의 젊은 남녀들이 어우러져 축구를 한다. 실오라기 하나 걸치지 않은 건강한 남녀들이 공을 쫓아 질주한다. 엎어지고 뒹구는가 하면, 몇이 뒤엉키기도 한다. 골을 넣으며 지르는 함성과 박수소리가 적막한 지중해를 건너 메아리도 없이 아득히 사라져 간다.

비치볼을 하는 남녀들이 뜨거운 태양을 향해 솟구치는 모습을 무어라 해야 하나. 옷을 벗었다는 부끄러움 같은 건 없다. 벗은 모습을 외설적으로 보는 눈도 없다. 자신감으로 펄떡이는 이 인어들은 이미 문명이라는 굴레를 벗어나 있다. 이들 모두는 푸르른 나무나 싱그러운 꽃, 튀어오르는 사슴이나 물을 박차고 치솟는 돌고래처럼 아름다운 자연의 일부일 뿐이다. 자연으로 회귀한 인간들의 모습을 체험한 튀니스에서의 귀한 인상은 오랜 세월이 흘렀지만 아직도 경이로움으로 마음에 간직되어 있다.

세상엔 구경할 것들이 넘쳐흐른다. 봄의 꽃, 가을 단풍, 해 뜨는 바다, 영화, 박물관. 그러나 일상의 자투리 시간에 카페에 한유히 앉아 사람 구경하는 것, 그건 나에게 세상의 어떤 구경 못지않은 즐거움이다.

화백시대 1
- 금의환향

새벽 5시 반이면 일어난다.

40분 정도 스트레칭을 하곤 아침 준비를 하러 주방으로 간다. 야채 썰고, 과일 깎고, 계란 프라이에 빵 굽고…. 아내는 자고 남편은 아침 마련을 한다. 이런 지 벌써 6개월이 되어 간다. 그렇게도 부엌에 들기를 마다했는데 이젠 습관이 되어 설거지까지 태연히 한다. 아버지나 어머니가 살아 계셔 이 모양을 보시면 질색하실 일을 이젠 천연덕스레 한다. 왕년에 CEO였다는 사람이 여기까지 왔다.

35년간 동분서주, 좌충우돌하며 거친 사회생활을 해 왔다. 그 긴 여정을 접고 집에 돌아왔을 때 온 가족, 이웃, 친구들은 개선장군 맞듯 치하 일색이었다.

"당신 긴 세월 너무 고생하고 애쓰셨어요. 우리 가족을 위해 줄 곧 희생하신 거죠. 애들 시집 장가도 갔으니 이제 우리 둘만 알콩 달콩 살면 돼요. 당신 그동안 못한 취미생활 하며 즐겁게 사세요. 건강관리 하면서."

"아빠, 장하세요. 자랑스러워요. 이젠 누구 걱정도 하지 마시고 아빠 생각만 하며 사세요. 자유롭게 여행도 하시고 좋아하는 골프 나 바둑을 즐기며 유유하게 사세요. 건강관리는 잘 하셔야 돼요."

"요즈음 월급쟁이를 사오정이라고 하는데 환갑 넘어 일했으니 은퇴가 오히려 늦은 거지. 그대 기다리는 친구 많다고. 평일 골프 가 얼마나 재미있는지 알아. 부킹 쉽지, 붐비지 않지, 교통 안 막 히지, 그린피 싸지…. 자주 치자고."

은퇴 시기가 다가오면 누구나 노후의 삶에 대한 구상이나 계획 을 가지고 있음직하다. 나는 그런 구체적 플랜을 갖고 있지도 않 았고 가지려고 작정한 적도 없었다. 단지 '내가 좋아하는 것 하며 맘껏 놀겠다'는 막연한 생각뿐이었다. 60년 남짓 살면서 한 번도 제대로 놀아 본 적이 없다.

어린 시절엔 전쟁의 참화와 배고픔을 겪으며 자랐다. 학교 다닐 땐 입시경쟁 준비에 밤낮으로 시달려야 했다. 사회에 나와선 안팎 에서 밀려드는 칼날 같은 경쟁에 맞서며 매일매일 전쟁하듯 살아왔다. 기회가 오면 누가 뭐라 하든 쌓인 한을 풀듯 맘껏 놀아 보리라 다짐을 해 왔다. 금의환향(?)이란 새로운 생을 시작해도 좋다는 변화의 한 계기에 불과했다.

"다음 주 수요일 어때? ㅇㅇ이랑 ㅁㅁ이랑 골프 한 번 어레인지 하려고 하는데."

"7월 15일 1박2일로 주왕산 산행 하려고 하는데 같이 가지."

"이번 금요일에 19회 바둑모임 있는 것 알지? 꼭 나와. 벼르고 있는 친구들이 많거든."

"7월 말에 3박4일로 부부끼리 설악플라자에나 가자구. 피서 겸해서."

"다다음 주 목요일에 몇이 모여 점심이나 하려구 해. 너도 빠지지 말고 참석하라고."

휴대전화에 불이 난다. 고등학교, 대학교 동창, 옛 직장동료, 선후배, 이런저런 모임의 회원들이 기다렸다는 듯이 전화를 해 약속을 잡는다. '백수 과로사'라는 말이 실감난다.

나도 웬만하면 날짜를 바꾸어서라도 약속을 잡는다. 회사 다닐 때는 꿈도 못 꾸던 평일 골프, 평일 등산을 마음놓고 할 수 있는 즐거움을 놓치기 아까워서. 또 마음놓고 마실 수 있는 낮술의 각별함도 소홀히 할 수가 없잖은가. 오랜 속박으로부터의 해방감, 남의 눈치를 의식할 필요 없는 자유로움, 화백시대는 '노세노세 젊어 노세' 스타일로 잘도 지나간다.

어느 날 아내가 말한다.

"당신 요즈음 회사 다닐 때보다 더 바빠요. 전번 주에 집에서 저녁 먹은 게 딱 토요일 하루예요."

스스로 생각해도 너무한 게 아닌가 하는 자책 비슷한 심사가 드는 마당에 아내의 지나가는 듯한 한마디가 마치 옐로카드 같다.

모처럼 집에 있는 시간엔 TV가 친구다. 채널도 많고 프로그램도 무성하다. 골프, 바둑, 웃기는 것, 울리는 것, 동물 얘기, 자연 얘기, 뭐든 다 있다.

"여보, 여기 물 한잔 갖다 줘."

"커피 한잔 부탁해."

"뭐 과일 같은 것 없어."

"와인이나 한잔 할까?"

"저녁은 뭐야. 마땅찮으면 나가서 먹을까."

한 1년여를 잘 살았다. 화려한 백수로.

눈치로 산 세월이 얼마인데 아내의 올라간 눈꼬리와 대답하는 목소리의 높고 낮음을 짐작 못하랴. 2년여가 지나자 아내의 목소리 옥타브가 상승한다.

"당신 좀 너무한 거 아니에요? 나는 당신 은퇴하고 집에 돌아오면 나랑 같이 보내는 시간이 많을 줄 알았어요. 회사 다닐 때보다 더 밖으로 나도니 도대체 나는 뭐예요?"

"당신 회사 다닐 때 나는 논 줄 알아요? 애 키우고, 살림하고, 재테크 하고. 이만큼 사는 게 당신 힘만으로 된 건 아니잖아요."

"나도 이 나이면 며느리에게 곳간 맡기고 들어앉아 쉴 나이예요. 허리도 신통치 않고 어깨, 무릎 모두 시큰거려요. 살림살이도 지겹고. 나도 옛날처럼 밥하고 빨래하는 사람으로 취급하는 건 못 참을 일이에요."

"물 같은 건 당신이 떠먹을 수 있잖아요? 커피도 그렇고. 이젠 혼자 하는 법도 알아야 해요."

이거 도대체 '금의환향' 한 지 2년 남짓에 사람 대우하는 태도가 이렇게 변하다니. 가끔 오는 아이들도 모두 엄마 편이다. 내가 그동안 해 온 행동거지를 훤하게 꿰고 있다. 어떨 땐 실제보다 더 부풀려 인식하고 있을 때도 있다. 다 아내의 농간임을 내 어이 모르랴. 아이들과 다툴 수도, 나무랄 수도 없는 입장은 시간이 갈수록 곤궁해진다.

"내가 뭘… 요즘은 별로 나가지도 않아. 물도 내가 떠다먹는 걸."

"아빠, 그걸 말씀이라고 하세요? 물 떠드시는 게 무슨 자랑이라고. 엄마도 힘들다는 거 아시잖아요. 여기저기 같이 다니시기도 하고 집안일도 좀 도와드리고 하세요."

　이런 괘씸한 것들이 있나. 눈을 치뜨고 옛날 권위를 살려 보려 하지만 이미 힘이 실려 있지 않음을 느낀다.

　화백시대는 2년여 남짓에 종언을 고하려 한다.

화백시대 2

– 부부전 夫婦戰

밖으로 나도는 것도 한때다. 집에서 싫어하니 자제하기로 한 탓도 있지만 전화 오고가는 것도 전 같지 않아 모임 횟수도 자연히 줄어든다.

집에 있는 시간이 는다 해도 부엌에 드는 일은 극구 피했다. 한 번 시작하면 기강이 무너지고 일단 무너지면 걷잡을 수 없는 지경에 도달할 것이 자명하기 때문이다. 내가 누구인가. 경상도 양반 출신에 왕년에 한가락 하던…. 우리 아버지도, 우리 형도 누구도 부엌에 얼씬거리는 모습을 본 적이 없다. 우리 어머니도 내게 부엌일을 시켜 본 적이 없다. 아내 나이 환갑이 갓 지났는데 두 식구 살림이 뭐 힘들다고 남편을 시켜먹을 작정을 하는 건지.

아내를 내가 너무 얕잡아 보았나 보다. 물 달라면 군소리 없이 갖다 주더니 "당신은 손이 없어요, 발이 없어요. 나 바쁜 것 뻔히 보면서 물 갖다 달라는 말이 나와요?" 하고는 물 반대 방향으로 휭 가버린다. 아, 누가 '목마른 자 샘을 판다'는 명언을 만들었을까. 목마른 내가 주방으로 가는 수밖에.

"식사 끝나시면 빈 그릇은 설거지통에 넣어 놓으세요" 하더니,

"식사 끝나시면 빈 그릇은 설거지통에 넣고 물을 채워 놓으세요. 그래야 나중에 설거지하기 쉬우니까"로,

"식사 끝나면 빈 그릇 어떻게 하는지 아시죠? 그리고 반찬 그릇 뚜껑 덮어 냉장고에 좀 넣어 주세요. 나 급하게 나가야 되니까"로 발전한다.

세월 따라 아내의 주문은 그만큼 늘고 내 어깨의 힘은 그만큼 준다. 나갔다가 들어온 아내가 설거지하며 하는 잔소리.

"이왕 설거지까지 해 놓으면 누가 잡아가나. 뭐 힘든 거라고."

참다 못해 소리를 꽥 지른다.

"아니, 이젠 남편 설거지까지 시키려는 작정이야!"

"좀 하시면 어때요. 내 친구 남편들도 모두 설거지 해요. 당신 친구 누구누구도 설거지 도와준다지 않아요. 요즈음 젊은이들 보세요, 당신은 TV도 안 봐요? 당신 고루한 생각 버려야 해요."

아, 몹쓸 놈의 친구들 공연히 쓸데없는 소리는 왜 해가지고. 젊은 놈들은 뱃도 없나. 맞벌이하는 집이나 그렇겠지.

아내의 주문은 갈수록 태산이다.

"신문 쌓인 게 너무 많아요. 나는 허리 아파 못 드니까 미안하지만 쓰레기장에 좀 버려 주세요."

"시장 볼 게 오늘 너무 많아요. 같이 마트에 가서 장도 보고 짐도 좀 날라 주세요."

"더워서 창문을 열어 놓았더니 집 안에 먼지가 가득하네요. 마른 대걸레질은 내가 할 테니 내 뒤를 따라 젖은 대걸레질 좀 해 주세요."

난들 쉽게 응하겠는가. 안동 양반 출신인데.

"나 곧 나가야 해."

"나 급히 할 것이 있어."

"나를 뭘로 보는 거야. 이제 막가자는 거야?"

"당신 이상한 여자잖아. 왜 갈수록 이 모양이야."

세월은 흐르고 아내의 점령지는 야금야금 늘어난다. 내 저항의 영토는 갈수록 보잘 것 없어진다. 아내의 어깨, 허리, 무릎은 점점 더 아파오고 내 노동의 양은 점점 더 늘어난다. 부부전의 승패는 분명해지고 있다.

부부란 불가근 불가원不可近 不可遠의 관계로 살아야 행복하다. 너무 가까워지면 약점만 보인다. 아침 먹으면 나가서 밤늦게 들어오는 남편일 때, 월급, 상여금 꼬박꼬박 타서 갖다 줄 때, 때 되면 승진해서 대견해 보일 때, 자가용 뒷좌석에 비스듬히 앉아 출근하는 모습 보여 줄 때, 회사 모임에 가서 사모님, 사모님 하고 불릴 때, 어려운 일 닥치면 해결책 내놓고 "내 말대로 해" 하며 카리스마 넘칠 때, 이때 남편은 원더풀이다.

천하 없는 남편도 들어앉으면 어리바리가 되어 버린다. 집 전화 걸 때 단번에 거는 법이 없다. 계산기는 몇 번 두드려야 답이 나온다. 컴퓨터는 독수리 타법이다. 주민센터, 구청이 어디 있는지도 모른다. 운전대 잡으면 가관이다. 길 놓치지, 뒤차는 빵빵거리지, 차선 바꿀 때 쩔쩔매지, 옆 차는 계속 끼어들지…. 점수 좀 따려고 집에 가끔 뭐라도 사들고 와도 환영받은 적이 없다. 턱없이 비싸다, 전혀 쓸모 없다, 색상이나 디자인이 촌스럽다며 그 이튿날 환불해 오거나 다른 것으로 바꾸어 와야 한다.

도대체 신통한 구석이 없다. 평소의 존경심은 무너지고 기대감도 사라진다. 앞으로 저 굼뜬 사람을 어떻게 단련시켜 가며 살아야 하나 하는 근심 걱정이 태산이란다.

왕년에 천군만마를 거느렸으면 뭘 하나. 한때 지구촌 구석구석을 누비고 다녔다는 게 무슨 대수냐. 지금 당장 긴요한 집안살림이나 일상생활에 아무런 도움도 안 되는 걸.

화백시대 3

- 돌아가신 어머니께서

 이 측은한 막내야. 내 너를 어떻게 키웠는데 그놈의 며느리한테 번번이 당하느냐. 솔직히 며느리가 뭘 대단한 걸 한 게 있다고. 내 삶을 뒤돌아보면 요즘 젊은이들은 귀부인이나 다름없는데.

밥은 전기밥솥이 다 해 주지. 가스레인지 탁 켜면 뭐든지 끓여 주지. 전자레인지에 넣으면 다 덥혀 주지. 냉장고 열면 일주일치 반찬거리 다 들어 있지. 간식 넘쳐 흐르지. 해 먹기 싫어 전화하면 15분 이내에 중국요리, 피자, 죽, 대령하지. 그것도 귀찮아 길거리에 나서면 즐비한 게 식당이잖아.

내 얘긴 안 해도 알지? 아궁이에 장작이나 솔가지 태워서 무쇠솥에 밥하지, 아이고 그 연기라니. 쌀은 그냥 넣나. 쌀 반 돌 반이니 일고 또 일지. 한겨울 찬물에 손이 얼어터지도록 해도 시아버지는 용케도 돌을 씹으시지. 열댓 식구 밥하고 반찬하고, 상 차리고, 설거지하면, 그것도 세 끼 꼬박 하고 나면 요즘 젊은이들은 뻗을 거야. 아이는 자고 나면 낳고, 자고 나면 낳지. 세 끼 밥할 때나 궂은 살림할 때 갓난쟁이 하나는 늘 업고 있는 상태였지. 그 무게를 상상해 봐.

요즘 젊은이들 빨래는 세탁기가 다 해 주지. 대개 빨아서 그냥 입어도 되는 옷들이니까 말려서 바로 입어도 되고, 꼭 다림질이 필요하면 세탁소에 맡기면 되고. 우리 땐 엄동설한에도 우물가나 냇가에 가서 손 호호 불어가며 비비고, 두드리고, 널고 하면 하루 해가 지지. 명주, 광목 같은 천들은 빨아서 그냥 입을 수가 없잖아. 다듬이질하고, 프라이팬 같은 다리미로 양쪽에서 붙들고 다리고. 그뿐인가. 저고리나 두루마기 같은 것은 동정 달아야지, 인두질, 바느질해야지. 불이나 밝은가. 촛불이나 호롱불에 비춰 가며 꺼덕꺼덕 졸다가 눈썹이나 머리털 태우기 십상이지.

나는 다행히 농사일은 안 했어. 우리 이웃의 거개는 농사꾼이야. 농사짓고, 살림살고, 아이 대여섯 낳아 키우며 사는 사람들이 대부분이야. 나는 단언할 수 있어. 인간, 특히 여인은 소보다 훨씬 힘이 강하다는 거야. 그들은 소보다 더 많은 일을 해. 소보다 적게 먹고. 보잘 것 없는 여리디 여린 여인의 체구에서 어떻게 그렇게 강인한 힘이 나올까.

우리 때의 남편들은 특이했어. 아마 시대상이 그래서 그랬겠지. 훌쩍 집을 떠나면 종무소식이었지. 한두 달, 때론 대여섯 달이나 집을 비우곤 했어. 어디서 무얼 했는지 묻지도 못했고 밝히지도 않았지. 몫돈을 들고 들어와 놀라게도 했지만 어떤 때는 다시 챙겨들고 나가기도 해. 아이 낳는 일 외에는 아무 일도 없는, 도대체 도움이 안 되는 그런 존재였어. 아무 정 없이 그럭저럭 해로하긴 했지. 참 묘한 부부야. 미울 때가 더 많았지만 때 되면 밥해 주고, 옷 챙겨 주고, 물 떠다 주고 했지. 부엌이 어떻게 생겨먹었는지도 모른 채 여생을 마친 거지.

가만 생각해 보면 내가 멍청이였나 봐. 남편에게 가사일 시키는 것을 상상해 본 적이 없었으니까. 그러면서도 103살까지 살았잖아. 평생 험한 살림 살았지, 애 여섯 나았지, 돈도 벌어 봤지, 자식들 잘 키웠지. 내가 고기를 실컷 먹어 봤나, 헬스클럽엘 다녀 봤나, 비타민 같은 영양제를 먹어 봤나.

내가 103살까지 건강하게 산 이유는 단 한 가지라고 생각해. 일을 마다 않는 부지런함 때문이야. 이 말만은 꼭 기억해 두도록.

아이고, 말이 길어졌네. 우리 막내에게 뻔한 사연을 되풀이하려고 한 것은 아니었는데. 내가 네게 말하고 싶은 것은 시대상 이야기야. 네 아버지와 내가 살았던 시대, 너와 네 아내가 살고 있는 오늘의 세상은 극명히 틀려. 네가 혹 엄마의 삶을 보고, 또는 한때 잘나가던 세월을 생각하고 가족을 대한다면 그건 큰 오산이야. 무슨 말인지 알지?

어린 나이에 전쟁의 참상을 보았고, 가난과 삶의 고통을 겪었으며, 안팎의 무한경쟁 속에서 살아남은 너야. 이젠 자유의 기쁨, 일상의 행복이 어느 때보다 네게 가장 가까이서 맴도는 것이 보여. 모처럼 맞은 이 기쁨과 행복을 사소한 일로 놓치지 마라. 부엌 일, 쓰레기 버리는 일, 대걸레질 하는 일이 뭐 그리 대단해. 작은 자존심은 버리고 엄마의 부지런함만 잘 본받으면 돼. 네 아내와 잘 타협하고 살아. 그게 보기 좋아. 나 이제 그만 갈란다. 오, 내 착한 막내.

"어이, 일어나 아침 먹어."

눈 비비고 일어난 아내가 아침상을 들여다본다. 고구마, 당근, 야채 썰어 놓은 것 한 접시에 된장 소스까지 곁들여 있다. 접시 한 귀퉁이엔 사과, 감 조각도 있고 호두, 땅콩도 한 줌쯤 놓여 있다. 스크램블드에그에 빵 두 조각이 구워져 있다. 우유 한 잔을 더 하면 완전 웰빙 브렉퍼스트다. 남편은 자랑스러워하고 아내는 그런 남편이 대견하다. 식후 커피 한 잔 하고 설거지 마치면 즐거운 아침 식사 끝.

"어이, 나 쓰레기 버리고 올게. 음식물 쓰레기는 그냥 뒀으니까 이따 당신이 나갈 때 버려."

음식물 쓰레기 버리는 것은 내 몫에서 빠져 있다. 남이 봐도 그렇고, 그 냄새라니. 아직 거기까지는 갈 수가 없다.

"이봐, 저리 좀 비켜."

내 물걸레질 길에 아내가 앉아 TV를 보고 있다. 엉덩이만 슬쩍 옮겨 놓으며 아내는 계속 TV를 보고 있고 나는 대걸레질을 계속한다.

"여기 엎드려 봐. 허리 좀 주물러 줄게."

아내는 소파 아래 가로 엎드린다. 나는 소파에 앉은 채 두 발로 아내 허리를 주물러 준다. 이게 뭐 힘드냐. 땀 흘려 걷기도 하고 등산도 하는데.

뭐든 마음먹기 탓이다. 어머니 말씀대로 작은 자존심은 버리고 약간의 부지런함으로 그 지루했던 부부전은 막을 내리는 것 같다. 앞으로 언제 어떤 경우로 다시 전쟁이 발발할지는 아무도 모른다. 최소한 내가 조금만 더 근면해진다면 두 사람 사이에 큰 전쟁은 없을 것이 분명하다.

서울성곽을 돌며

역사의 흔적을 돌아보러 나설 때마다 다짐하는 게 있다. 어떤 현상에 대해서도 실망하거나 속상해하지 말 것, 유유자적하는 순례자로서 역사가 남긴 이야기와 자취를 찾아 즐길 것.

600년의 역사를 가진 서울성곽을 돌아보기로 마음먹고 나섰다. 순회의 기점으로 잡은 숭례문 터를 마주하는 순간 이 다짐은 맥없이 무너졌다. 국보1호의 웅건하던 모습은 간데없었다. 긴 세월 이 자리를 지키며 역사의 영욕을 겪은 국보는 정신 나간 한 노인의 방화로 통한의 잿더미로 삶을 마감했다. 허무한, 너무 의미 없는 최후였다.

숭례문의 최후는 좀 더 극적이어야 하지 않았을까. 왜군이나 청병, 아니면 근세의 일본군이 조선을 침범했을 때 성안엔 금빛 갑옷

에 번뜩이는 장검을 든 임금님이 말을 달리며 독군督軍하는 위용
이 있어야 했다. 그 밑에 죽음이 두렵지 않은 장수들이 한마음으
로 따르고, 옥쇄玉碎를 각오한 군사들이 요소요소를 지키며 항전
했어야 했다. 숭례문은 이런 치열한 공방 끝에 장엄하게 무너져야
본연의 몫을 다한 최후가 되었을 것이다.

이젠 살아 있음의 수모를 먼 옛이야기로 돌리고 국보라는 아름
다운 이름으로 국민의 경의를 받아도 될 즈음 아무 명분 없이 비
명횡사했다. 그 현장을 보는 마음이 숙연했다.

성문은 양팔을 활짝 벌리듯 좌우로 성벽을 펼치고 있어야 적을
맞는 요새의 모습이다. 이 비운의 문은 1900년 초부터 좌우 팔이
잘린 채 몸체만 겨우 추스르고 서 있었다. 일본 황태자 요시히토
가 경성을 방문했을 때 좁은 성문을 통과하는 것이 싫어 양쪽 성
곽을 헐고 큰길을 내어 지나갔다. 이렇게 성과 성곽은 전찻길 부
설, 도심의 확장, 불법 건축물의 난립, 유지보수의 어려움을 이유
로 무너져 내리는 수난의 시대를 살았다.

숭례문의 왼쪽 방향으로 돌아 서소문, 정동, 신문로를 건너 송월
길을 거쳐 행촌동에 이르기까지 어디에도 온전한 성벽은 없었다.
줄지어 선 빌딩, 학교, 교회, 다세대주택의 담장이나 축대의 일부
로 성벽의 잔해가 웅크린 몸을 겨우 부지하고 있는 모습을 간간이
볼 수 있을 뿐이었다.

제국주의의 파도와 개화의 물결이 한적하던 정동 일대를 쓸며 지나갔다. 미국, 영국, 프랑스, 러시아 등 열강의 영사관들이 마음에 드는 장소를 골라 속속 들어섰다. 배재학당, 이화학당이 치켜든 개화의 깃발 아래 성문도 성벽도 설 자리를 잃어 갔다. 정동제일교회와 손탁호텔이 낡은 성벽보다는 힘을 더 얻고 있던 시대였다. 서소문과 주변의 성곽은 이렇게 무너져 갔다. 4대문의 하나인 서대문도 전찻길 부설에 밀려 500년 생애를 마감했다. 흔적도 없이.

아직도 궁핍의 흔적이 남아 있는 산동네 행촌동 자락에서 시작되는 토막 난 성벽은 억센 인왕산의 바위 등성이를 타고 힘차게 올라가기 시작한다. 인왕산 정상, 창의문, 북악산, 숙정문, 성북동 산자락을 거쳐 와룡공원까지 이 기세로 온전한 성벽으로 이어진다.

성벽이 온전하다 함은 무슨 뜻일까. 왜군도 청군도 이곳은 거들떠보지 않았다는 뜻이다. 제국주의의 파도가 여기까지 미치지 못했다는 의미다. 개화나 문명이 이곳에 이르는데 시차가 있었음이다.

인왕산을 기대고 산기슭에 펼쳐진 마을들은 아직 옛날을 산다. 창의문 북쪽, 와룡공원, 낙산 줄기를 타고 촘촘히 박혀 있는 오래된 삶의 터전에서 긴 세월의 가난을 본다. 꿋꿋이 버티고 있는 성벽 아래는 대물림 되어 온 궁핍으로 그늘져 있다. 반면, 무너진 성벽을 딛고 일어선 도심은 번영으로 눈부시다. 한 도시에서 마주하고 있는 이 비대칭 현상이 보는 이의 마음을 무겁게 한다.

능선을 따라 일사불란하게 오르고 내리던 성곽은 경신고쯤에서 다시 끊어진다. 크고 작은 흔적만이 학교 담장 밑으로, 빌라 축대로, 심지어 서울시장 공관 밑에 깔리며 드문드문 이어지다가 동대문(홍인지문)에서 완전히 끊긴다. 동대문도 숭례문처럼 양팔 없이 몸체만 분주한 찻길에 외로이 둘러싸여 있다. 이 성문은 4대문 중 유일하게 성 주위가 옹성으로 둘러져 있다. 그만큼 외적의 침공에 대한 방어 능력이 강고하다는 뜻이리라.

임란 당시 왜군은 두 길로 도성에 들어왔다. 가토 기요마사는 숭례문을, 고니시 유키나가는 동대문을 통해 입성했다. 철옹성처럼 보이는 동대문에 당도한 유키나가는 성의 견고함에 놀라 쉽게 뚫고 나가기가 힘들 거라고 생각했다. 척후병을 보내 보니 성문에 인적이 없다는 것이 아닌가. 무슨 계략이 있는 거겠지 하며 몇 번을 더 보내 보았지만 성문 근방엔 쥐새끼 한 마리 없다는 보고의 되풀이였다. 말에 높이 앉아 이 성문을 개선문 통과하듯 지나며 껄껄거리는 유키나가의 비웃음 소리가 지금도 들리는 듯하다.

"어리석은 왕에 비겁한 신하들이로구나. 이런 요새를 버리고 줄행랑을 치다니. 그래 신의주에나 가서 오래오래 살아라. 그동안 우리는 신명나게 이 땅을 짓뭉개 놓을 테니까."

동대문을 지나 청계천, 동대문운동장 자리, 을지로7가를 건너는 도심엔 성곽이 당연히 없다. 광희문에서 잠시 보이던 성벽은 장충

동, 남산을 거치며 숭례문에 이르기까지 이어지고 끊어지기를 수 없이 반복한다.

광희문은 시구문이라는 이름으로 더 유명하다. 도성 내 무덤이 허용되지 않아 모든 시신은 이 문이나 소의문을 통해 성 밖으로 내보내야 했다. 시체가 드나드는 문 주변은 가난과 범죄가 우글거리고 살벌하고 을씨년스러웠다. 웬만한 양반네들에게도 이 문은 기피의 문이었다. 병자호란 때 도망치던 인조는 숭례문을 통해 강화로 가는 길이 막히자 이 지저분하고 냄새 지독한 시구문을 빠져나가 남한산성으로 올라갔다. 구구도생하는 왕의 오그라든 등짝을 바라보는 백성들의 참담한 마음이 어땠을까. 왕조는 사라지고 참담했던 백성들의 후손들이 이를 악물고 살아남아 G20 세계정상회의를 개최한 글로벌 문화국민이 되었다.

하루면 빠듯하고 이틀거리면 넉넉한 성곽 돌기에서 수시로 펼쳐지는 도시의 파노라마는 가슴을 트이게 한다. 인왕산이나 북악산 정상에서 도시를 바라보면 서울의 도심이 한눈에 들어온다. 청와대, 경복궁, 광화문을 거쳐 남산, 멀리 관악산까지. 창덕궁, 창경궁, 비원의 숲 지대를 지나 낙산, 흥인지문, 그 너머까지. 눈 가까운 곳엔 옛 동네가 나직이 펼쳐져 있지만 멀리 보면 키를 견주며 솟아오른 정부청사, 상업건물, 아파트의 군집을 볼 수 있다.

영고성쇠를 거듭하는 역사의 흔적을 더듬어보는 성곽 돌기의 마지막 코스인 남산 산정에 섰다. 남산 정상에서 북쪽을 향해 보면 도시는 인왕산, 북악산, 북한산, 낙산 등 산과 산으로 이어진 병풍에 싸여 평화롭고 안온하다. 거대한 도시, 저 도시의 평온을 지켜주는 오늘날의 성곽은 어디에 있을까. 휴전선 철책일 수도 있다. 남과 북의 포탄이 넘나드는 서해의 보이지 않는 선, NLL일 수도 있다. 외교전, 경제전의 현장이 곧 우리가 사수해야 할 성채일 수도 있다. 오늘의 성문이나 성벽은 보이는 형태로, 때로는 보이지 않는 형상으로 도처에 존재한다.

600년 동안 한양을 지키던 서울성곽과 오늘의 도시를 지키는 성곽이 형상은 다르다 하더라도 지키는 방법은 예와 지금이 다르지 않음을 우리는 안다. 말을 달리며 앞장 서야 할 왕이 오그라든 등짝을 백성에게 보이면 성은 아무 의미가 없음을 역사는 말하고 있다. 나라와 백성을 지켜야 할 이들이 백성을 가볍게 보고 파당이나 지어 서로 헐뜯고 싸우는 데 세월을 보내면 성벽은 무용지물이라는 것을 역사는 증언하고 있다. 오늘의 지도자, 위정자들은 이 증언을 얼마만큼 마음 깊이 새겨 두고 나라를 이끄는 걸까.

땅거미 지는 산길을 내려오는 발걸음이 가볍지가 않다.

여긴 빨리 떠나는 게 좋아

사람들에게 가장 가고 싶지 않은 곳을 대라면 경찰서, 검찰청, 교도소 같은 것들을 꼽을 것이다. 나는 거기에 더해 병원을 넣고 싶다. 앞의 것들은 옛날이나 지금이나 무관하니 안심해도 될 터이나 병원, 특히 종합병원은 내 뜻에 관계없이 가야 할 때가 있을 것이니 걱정이다.

탈장 증세로 종합병원 일반외과를 예약했다. 탈장이라는 병이 흔하진 않지만 걸리면 수술 외에는 치료 방법이 없다. 의사에겐 맹장수술보다 간단해 특진도 없고 일반 전문의에게 맡긴다. 동네 외과에서 할까 하다가 그놈의 공신력을 무시 못해 종합병원을 찾았다. 수술 예약 후 병원 직원의 안내를 들었다.

"다음 주 목요일 오후에 입원하고 금요일에 수술할 거예요. 목요일 두 시경 입원 통보가 갈 겁니다."

목요일 두 시, 나와 아내, 며늘아기 셋은 조금은 불안정한 모습으로 입원 통보를 대기하고 있었다. 아무리 간단한 수술이라 하지만 수술은 수술이니까. 그런데 통보 예정 시간보다 두 시간이 지나도록 소식이 없었다. 아내가 병원에 전화를 했다.

"아직 입원실 빈 게 없어 전화를 못 드렸어요. 방 나오는 대로 연락드릴 터이니 기다리세요."

여섯 시가 지나고 여덟 시가 넘었다. 아무 소식이 없었다. 밤 여덟 시 반이나 되어 전화가 왔다.

"방이 났으니 빨리 와서 입원수속 하세요. 저녁은 미음 정도 드셔야 되는데 알고 계시죠?"

지금이 몇 신데 저녁 얘기를 하나. 저녁은 스스로 알아서 간단히 했으니 다행이었다. 허겁지겁 챙길 것 챙겨서 병원으로 달려갔다. 입원수속 하고, 간호사실에서 간단한 건강 체크와 다음 날 수술 일정, 유의사항을 듣고 병실에 들었다. 그것으로 끝난 게 아니었다. 피 뽑고, 수술 부위 면도하고, 링거 꼽고, 주치의와 면담하고 나니 밤 한 시가 넘었다. 난 이미 파김치가 되어 있었다. 어떻게 잠이 들었는지 기억에 없다.

아침에 눈을 떴다. 배가 고프고 목이 말랐다. 하염없이 늘어져 있는데 간호사가 들어왔다.

"한 시에서 두 시 사이에 수술 예정이거든요. 물도 한 모금 마시면 안 돼요. 아셨죠?"

옆 침대엔 노인 한 분이 계셨다. 자연스레 말이 오갔다. 84세이고 군 출신이라 했다. 5·16혁명 후 정부기관의 요직에 있었고 나중엔 개인사업을 한 적도 있다고 했다. 연초에 심장 수술로 두 번이나 입원했고 이번엔 눈 수술 예정이라고 했다.

아들과 며느리가 아침에 찾아와 수술실로 모시고 가더니 두어 시간 후에 한쪽 눈을 가리고 돌아왔다. 잠시 머물던 아들 부부는 "오늘은 둘 다 바빠서 못 와요" 하고 병실을 나갔다. 그들이 아버지를 모시고 사는지 따로 사는지는 모르겠지만 말과 행동에서 갸륵한 효성 같은 건 읽을 수 없었다. 늙은 홀아비와 자식의 관계가 사근사근하면 오히려 이상해 보이는 세태가 아닌가.

오후에 간호사가 들어와 옆자리 노인에게 6인실에 자리가 하나 났는데 옮기시겠냐고 물었다. 옮기기로 한 노인의 어깨가 아침에 왕년의 얘기를 할 때보다 한층 처져 보였다.

깡총한 환자복에 한 눈은 안대로 가리고 한 손으로 링거대를 끌며 이사를 했다. 남은 한 손으로 점퍼 하나 나르고 바지 하나 나르고 신발 한 켤레 나르고… 대여섯 번을 같은 모양으로 이삿짐을 날랐다. 내가 좀 도와드리고 싶었지만 나 역시 깡총한 환자복에 링거 낀 모습이었다. 둘이 나란히 옷가지를 들고 왔다 갔다 하는 모습이 얼마나 흉하랴 싶어 그만뒀다. 하룻밤 한방을 썼던 인연을 두고 그분은 그렇게 방을 떠났다.

두 시가 넘었는데도 수술실에 가자는 얘기가 없었다. 며늘아기가 간호사실에 확인하니 수술환자가 예정보다 밀려 있다고 했다. 네 시, 다섯 시, 여섯 시가 지났다. 두 시경에 마쳐야 할 수술이 아직 끝나지 않아 빈 수술실이 없다는 게 이유였다. 어제는 입원실이 없더니 오늘은 수술실이 없었다.

밤 아홉 시 가까운 시간에 수술환자용 침대를 끌고 직원이 나타났다. 불안했다. 이 늦은 시간까지 담당의사가 퇴근 안 하고 기다리고 있었다는 건지. 의사도 많이 지쳐 있을 텐데 마지막 환자인 나를 제대로 수술할 수나 있는 건지. 다른 필요한 수술 요원들도 제대로 다 갖춰져 있는 건지. 응급환자도 아닌데 이런 야간 수술을 감행해야 되는 건지.

입원수속 할 때 사인해 달라는 쪽지가 있었다. '이틀 이내 또는 의사 지시가 있을 때는 그 전이라도 퇴원수속을 해야 된다'는 각서였다. 그 귀한 입원실을 기일 이내에 비우기 위해서라도 야간 수술을 감행해야 되는 모양이었다.

수술 준비실은 서늘한 냉방이었다. 홑껍데기 환자복만 걸치고 있는 나를 방치해 놓고 있었다. 이번엔 뭘 또 기다리는 걸까. 춥고, 배고프고, 고독하고, 속상하고, 두렵고… 진정 이곳은 다시 오고 싶은 곳이 아니었다.

시간이 지나며 불안이 엄습해 오기 시작했다. 방치되어 있다는 불안감, 마취나 수술이 잘못되면 어쩌나 하는 두려움, 수술후유증이나 있으면 어쩌나 하는 걱정. 불안은 불안을 낳아 가슴이 뛰고 머리가 터질 것 같았다. 나는 평소엔 소홀히 하던 하느님을 찾았다.

"하느님, 평소에 자주 찾아뵙지 못하고 다급할 때만 이렇게 매달리는 저를 용서하소서. 하기야 죄를 많이 지어 찾아뵐 면목도 없었습니다만. 이제부턴 죄 안 짓고 하느님 열심히 찾아 모시고 할 터이니 이번 위기를 무사히 넘어가게 해 주소서. 한밤중 의사나 간호사가 아무리 지치고 피곤해도 완벽하게 수술하게 하소서. 그들이 혹 나를 잊고 방치했다 하더라도 하느님의 힘으로 그들이 내게 와 수술실로 속히 데리고 가도록 해 주소서."

덜덜 떨며 오직 하느님만 찾았다. 그 덕인가, 간호사 둘이 들어왔다.

"오래 기다리셨죠. 수술실이 예정보다 늦게 비워져서 죄송하게 되었습니다. 이제 곧 수술실로 갑니다. 30분도 안 걸리는 간단한 수술이니 마음 편히 가지세요."

간단한 수술은 20분도 채 안 걸린 것 같았다. 하반신만 마취를 했으니 정신도 말짱해 의사와 간호사가 건네는 말소리를 다 들었다. "다 됐어. 드레싱해" 하는 한마디를 던지고 의사는 나가 버렸다. 감각 없는 하체를 간호사들에게 맡기고 누워 있는 심정을 뭐라고 해야 할까. 안도인지, 불안인지, 허무인지….

이 세상에 간단한 수술이란 없었다. 척추마취하고 아랫배 부위에 4센티미터 정도 절개를 한 수술이었다. 마취가 덜 풀린 허리 밑은 뇌의 통치권이 미치지 않는 제3지역이었다. 아무리 꼬집어 보고 쓰다듬어 봐도 내 것이라는 반응이 없었다. 이 마취가 풀리기나 하는 걸까. 안 풀릴 수도 있나.

시간이 지나며 마취가 풀리는 과정도 영 언짢았다. 한동안 다리가 저릿저릿하더니 기다렸다는 듯 통증이 서서히 다가왔다. 몸을 뒤채일 수도, 기침도, 심지어 소리 내어 웃을 수도 없었다. 이것이 어찌 간단한 수술이란 말인가.

낮에 이 방을 떠난 84세의 노인이 생각났다. 내 것과는 비교도 안 되는 심장 수술을 두 번이나 받았다니 어떻게 그 크고 긴 고통을 견뎠을까. 눈 수술의 고통도 만만치 않았을 터인데 쓸쓸히 이사까지 해야 했으니. 이래저래 수술한 날은 뜬눈으로 밤을 지새웠다.

아침 아홉 시경 수술 의사의 의례적인 회진이 있었다. 열 시쯤 간호사가 들어왔다.

"의사 선생님이 퇴원하셔도 된다고 하셨어요. 바로 퇴원수속 하시죠."

세상에, 몇 달치 방세 밀린 하숙생도 이처럼 쫓아내진 않을 것이다. 아내가 뭐라고 항의하려는 것을 말렸다.

"여긴 빨리 떠나는 게 좋아. 다신 안 오는 건 더 좋아."

쫓기듯 병원을 나서며 병원 건물을 올려다봤다. 어마어마한 크기를 뽐내고 있었다. 병실도, 수술실도 제대로 없어 환자와 가족의 마음을 졸이게 하던 매머드 종합병원은 아무 일도 없다는 듯 시치미를 뚝 뗀 모습으로 먼 남쪽 하늘만 바라보고 서 있었다. 그 요지부동의 무표정에 손을 흔들며 중얼거렸다.

"부득이 신세졌네. 다신 그대 신세 안 지고 살았으면 좋겠어."

효도의 길

중3 때였던가. 경희궁 뒷동산이 연초록으로 잔물결 치던 어느 날 체육대회가 열렸다. 키도 훌쩍하고 몸 매도 가볍게 생겼지만 체육만은 아주 질색이었다.

하이네를 끼고 다니거나 윤동주나 김소월을 읊으며 고매한 문사 文士의 길을 꿈꾸던 내게 거칠고 위태해 보이는 체육 같은 것은 취향이 아니었다. 체육시간만 되면 운동 좋아하는 마음 넓은 놈을 골라 그와 반 당번을 바꾸곤 할 때였는데, 딱 걸렸다.

우리 반이 했던 경기는 100m 달리기였다. 그냥 달리기가 아니라 중간 25m 지점마다 교복 윗도리, 바지, 모자들을 띄엄띄엄 놓고 달리며 이것들을 입어야 하는 경기였다. 뛰는 것도 신통치 않은 데다 행동까지 굼뜨니 등수에 드는 것은 애초부터 가망이 없는 얘기였다.

여덟 명이 한 조가 되어 뛰었다. 나는 6, 7등쯤 했다. 1, 2, 3등만 남아 1, 2, 3 숫자가 쓰여 있는 깃발 뒤에 서고 나머지 다섯 명은 퇴장을 해야 했다.

퇴장 길에 들어선 내게 불현듯 엄마와 형수님 모습이 떠올랐다. 제발 오지 말라고 그렇게 말렸건만 장한 내 아들 뛰는 모습을 봐야 한다며 고집을 부리셨다. 도시락 싸들고 갓 시집온 형수까지 대동하고 스탠드 어딘가에 앉아 있을 두 분의 모습을 생각하니 앞이 캄캄했다. 아, 어떻게 빈손으로 가 도시락을 같이 먹을 건가.

어깨를 늘어뜨리고 퇴장하는 아이들 중 두 명의 손을 잡아끌었다.

"너희들 가지 말고 날 따라와."

둘은 멍한 얼굴로 내 손에 끌려 주춤주춤 따라왔다. 나머지 둘은 '돈 놈 아냐' 하는 표정으로 고개를 갸웃거리며 떠났다. 1, 2, 3등 깃발 뒤에 삼열 종대로 정연히 서 있는 대열 끝으로 두 아이를 데리고 갔다. 내가 1등 자리에, 두 명은 2, 3등 자리에 세웠다. 우리 조에선 1, 2, 3등이 두 팀 생기게 된 것이었다. 아무 데도 감시의 눈은 없었다.

세상사 모든 일이 순조롭기만 한 법은 없었다. 가짜 1등 자리에 불안에 떨며 엉거주춤 서 있는 내게 바로 앞에 서 있던 진짜 3등을 한 놈이 벌건 얼굴로 다가왔다.

"야, 너 나하고 자리 바꿔."

"짜식, 바꾸긴 뭘 바꿔. 그냥 그대로 서 있어. 그래도 진짜 3등이 좋은 거야."

잠시 생각하더니 제자리로 가버렸다. 가짜 1등보다 진짜 3등을 지킨 착한 친구, 두고두고 복 받았을 거다.

1등은 큼지막하게 '賞' 자가 찍힌 대학노트 세 권이었다. 엄마와 형수를 찾아 호기롭게 뛰어갔다.

"엄마, 이거."

좀 전의 호기는 어딜 갔을까. 세 권의 공책 무게가 천근은 되는 듯했다. 활짝 웃으며 반기는 엄마의 눈길을 마주 보기가 어찌나 힘들던지. 아무 말 없이 엷은 미소로 바라보는 형수의 태도도 마음에 걸렸다.

정성들여 싸오신 도시락을 펼쳐놓고 먹는 내내 입 속으로 주문을 외듯 되뇌고 있었다.

"효도의 길이 그리 만만하겠어. 넌 지금 그 어려운 길을 가고 있는 거야."

잊을 수 없는 친구 영준

12월 중순이 다가오면 계절병처럼 한 차례 가슴앓이를 겪는다. 허망하게 떠나버린 사람이 남기고 간 상처는 10년이 지난 지금도 아물지 않는다.

검은 안경테 속에 가느스름한 눈이 인상적이었다. 의지를 감춘 강인한 사각턱과 견고하게 다문 작은 입의 조화에서 기개와 신뢰를 엿볼 수 있었다. 어깨를 뒤로 확 젖히고 느릿한 걸음으로 두 팔을 벌리고 다가와 "식아" 하며 껄껄 웃는 모습이 아직도 눈에 선하다.

그는 내가 세상에 나서 얻은 가장 귀한 사람들 중의 하나였다. 40년 남짓 우애를 나눈 친구. 고등학교 3년, 대학교 4년, 사회에 나와 36년을 같이 살다가 2001년 홀연히 내 곁을 떠났다.

등산 마니아였던 그는 국내외의 온갖 산을 찾아다녔다. 백두산은 백 살에 가야 제격이라고 호언할 만큼 건강에 자신감이 넘쳤던 사나이였다.

그는 성공한 기업가였다. 기업가의 자질이나 소양이 어떤 것인지 그를 지켜보며 터득했다. 대학 2학년, 민법 시험을 볼 때였다. 교과서 진도가 200여 페이지를 넘어갔으나 교수는 그중 30여 페이지를 정해 주고 그 범위 내에서 문제를 내겠다고 했다. 쓸데없는 생각이 많은 나는 200페이지 모두를 낑낑거리며 공부했다. 그의 책은 30페이지만 새빨갛게 줄이 그어져 있고 그 외는 건드린 흔적이 없었다. 평생 월급쟁이로 지낸 나와 기업을 일으킨 그와의 차이가 이미 그때 정해졌는지도 모를 일이었다.

졸업 후 큰 무역회사에 취직해 잘 다녔다. 한 2년쯤 다녔을까, 어느 날 전화가 왔다.

"식아, 나 충무로에 카펫 가게 하나 차렸다. 한번 나와 봐."

난초 화분을 사들고 달려갔다. 한 열 평 남짓 될까, 나도 모르게 "맙소사" 하는 말이 튀어 나왔다. 좁은 바닥에 카펫을 펼쳐 놓을 수가 없어 롤로 여남은 개 쌓아 놓고 대신 벽에 카펫 두어 장 걸어 놓은 옹색한 쇼룸 형식이었다. 언제고 자기 사업을 하리라고 예상은 했지만 이렇게 빨리, 더구나 이런 '가게 규모'로 출발하리라고는 짐작도 못했다.

그 특유의 껄껄 웃음과 태평스러운 낙관론에 입이 다물어지질 않았다.

"식아, 이렇게 시작했지만 가게 크기는 그리 중요하지 않아. 앞으로 아파트, 사무실 건물들이 곳곳에 들어설 거야. 카펫 황금시장이 닥친다는 얘기지. 난 이걸로 사업의 길에 들어섰어. 넌 열심히 전문경영인의 길을 가라구. 앞으로 내가 돈 많이 벌어 술 사겠다고 부르면 군소리 말고 나오기나 해."

검은 안경테 속의 가느다란 눈매가 백리, 천리를 내다보는 혜안 같다는 생각을 했다. 열 평 남짓 크기의 사업이 몇 년 후에는 서초동 4층 빌딩으로, 다시 몇 년 후엔 논현동에 7층 사옥으로 옮기는 대성장을 이루었다.

우리는 수시로 만나 점심도 하고 저녁 퇴근 후엔 술도 같이 하곤했다. 나는 지겨운 월급쟁이의 일상을 푸념했고, 그는 그래도 월급쟁이가 편한 줄 알라며 위로했다. 만남은 늘 '나는 기업인으로 성공할 터이니 너는 전문경영인으로 우뚝 서라'는 다짐으로 마무리 되었다.

83년이던가, 그날도 우리는 강남에서 저녁을 같이 했다. 그도 나도 꽤 취했었다. 좌석이 파한 후 나는 그의 차를 탔다. 연희동 자기 집 가는 길에 반포동에서 나를 내려 주면 되기 때문이었다.

이사한 지 얼마 안 되어서인지 아니면 술이 취해서인지 내가 내릴 아파트를 제대로 찾을 수가 없었다. 영준이도 우리 아파트 위치를 어렴풋이 알고는 있었지만 주인이 헤매니 어쩌겠는가. 어느 길목에 들어서서 내가 말했다.

"여기야, 여기. 여기가 우리 아파트야."

"틀림없어?"

"응, 틀림없어. 고마워. 이젠 가도 돼. 내일 전화할게."

헤어지고 난 후 아무리 돌아봐도 우리 집 동 · 호수를 찾을 길이 없었다. 술도 취하고 돌아다니느라 힘이 들어 잠시 쉬려는 생각으로 단지 내 놀이터 벤치에 앉았다. 10월 초순, 밤기운이 제법 쌀쌀했으나 술 취하고 피곤한 몸은 앉자마자 졸다가 그만 쓰러져 잔 모양이었다. 얼마나 잤을까. 깨우는 소리에 눈을 떴다.

"식아, 식아! 너 여기서 자면 어떻게."

"응? 내가 왜 여기 있지?"

다시 그의 차를 타고 우리 집에 제대로 가서 아내에게 인계했다. 나중에 아내의 얘기를 들어 보니 정말 큰일 날 뻔했다.

날 내려 준 후 그가 집에 돌아가 생각해 보니 아무래도 내가 내린 곳이 마음에 걸렸던 모양이었다. 우리 집에 전화를 해 보고 아직 안 들어왔다는 말을 듣자 기겁을 해서 기사를 불러 내가 내린 곳으로 다시 와 뒤졌다는 것이었다.

그도 취하고 피곤하였을 거였다. 그냥 잘 찾아갔겠거니 하고 보통 사람들이 그러하듯 무심히 잠자리에 들었더라면 나는 어떻게 되었을까.

선이 굵고 사소한 것에 구애받지 않는 사람, 호방한 성격을 가진 그였다. 그런 그의 품에 남다른 자상함이 간직되어 있었다. 그의 자상한 정으로 오늘 내가 여기 남아 먼 곳으로 떠난 그를 얘기하고 있다.

2001년 12월 15일, 대학 친구 아들 결혼식장에서 그를 만났다. 약속이 있어 먼저 가야 한다며 내게로 왔다.

"내일은 괴산에 명산이 있다 해서 가볼 작정이야. 내주 초에 연락할게. 너도 등산 부지런히 해. 등산이 최고야."

"알았어. 잘 다녀오구, 내주 말쯤 점심이나 같이 해."

하루 후면 삶과 죽음으로 갈라서야 할 비운이 닥칠 두 사람의 이별 인사는 너무도 덤덤했고 일상적이었다. 귀하게 얻은 소중한 친구, 지금도 내 곁에 있어야 할 친구, 오래오래 같이 할 줄 알았던 그를 겨울 산이 데려갔다.

잃은 아픔이 이리 가슴에 사무칠까. 오랜 세월이 지났건만 지금도 두 손 벌리고 "식아" 하며 다가오는 그를 꿈결에서 만나곤 한다.

어렴풋한 상처 이야기

'그곳' 하면 동굴 같은 이미지가 떠올라. 기다림, 초조함, 두려움들은 추적거리는 겨울비 같았어. 비 피할 곳이 필요했던 내게 더할 나위 없이 아늑한 대피소가 되었지. 베토벤이나 브람스가 동굴을 가득 메우며 휘몰려 왔다 흘러가곤 했어. 내 귀에 설기는 했지만 근심을 덜어주는 위안이 되기에 충분했던 거야. 먼지 냄새 밴 낡은 소파는 종일 몸을 묻어도 좋을 만큼 편안했어.

그곳에 가면 늘 '흰 안대'를 볼 수 있었지. 고등학교 3년 동안 학교보다 더 많은 날을 거기로 출석한다는 친구였어. 클래식 음악 감상에 생애를 건 놈이라고 친구들 입에 오르내릴 정도였으니까. 열 시쯤이면 바람처럼 나타나 지정석처럼 된 자리에 쓰러지듯 몸을 뉘었지. 굽은 등과 꺼진 배, 꺼진 볼, 미동도 없이 늘어져 있는 모습을 보노라면 안쓰러움이 밀려오곤 했어. 그러다 느닷없이 몸을 일으켜 두 손을 허공에 휘저으며 지휘자 흉내를 내는 거야. 떠오른 영감을 주체할 수 없다는 듯. 때론 한 시간이고 두 시간이고 음악에 대해 열강을 해 준 적도 있었어.

선희가 그곳에 나타난 건 그즈음이었어. 흰 블라우스에 분홍빛 스웨터를 걸친, 봄을 서두른 옷차림이 어둑한 동굴 속을 환하게 했지. 반가워 손을 흔들었고, 그도 내 손짓을 따라 앞자리에 앉았어.

"어쩐 일로 여기엘?"

"그냥, 집에 있기가 무료해서요."

대학 입시 결과를 기다리며 겪는 불안을 함께 나눌 수 있는 사람을 그렇게 만날 줄이야.

우리는 '리딩패밀리'라는 독서클럽 멤버였거든. 2학년 때 활동하다가 3학년이 되면서 중단했지. 모임에서는 예쁘고 얌전한 회원이었을 뿐이었는데, 우연한 공간에서 마주 앉으니 무슨 운명 같은 느낌이 들더군. 초조, 불안 같은 그림자가 서서히 지워지고 있다는 생각을 했어. 그의 얼굴에서도 그런 느낌을 읽었지.

무슨 할 말이 그리 많았을까. 마주 보던 관계는 나란히 앉는 사이로 바뀌었어. 더 많은 말과 더 낮은 웃음을 나누기 위해서 말이야. 이른 저녁을 마치고 안국동, 인사동을 거쳐 창경원 돌담을 끼고 걸었어. 겨울 끝자락, 해질녘 바람은 칼날과 같았지. 내 재킷을 걸치고 걷는 그의 모습에서 행복의 기미를 느꼈지.

제기동으로 가는 버스는 한없이 느렸지만, 나는 그 버스가 더 느리게 가기를 바랐던 것 같아. 홀로 돌아오는 길, 들뜬 마음은 부산했어. 다음 주에 만나면 무슨 얘기를 할까, 어딜 갈까, 뭘 먹을까, 이게 꿈에 그리던 사랑의 시작인 걸까 하면서.

입시 결과가 발표되던 날, 우리는 거기서 만나 합격의 기쁨을 같이 했지. 세상이 온통 우리 것이었거든. 그날도 저녁을 먹고, 칼바람 부는 창경원 돌담길을 걸었고, 제기동행 거북이 버스를 탔어.

돌아갈 버스를 기다리는 동안 우리는 언 손을 잡고 있었지. 가슴을 뜨겁게 달구는 열기. 여인의 언 손을 통해 그런 뜨거움이 전해질 수 있음을 처음으로 알았어. 떨어지지 않는 발걸음으로 버스에 올라야 할 때의 아쉬움이란…. 창 밖, 흔드는 그의 손이 어둑한 허공에서 하얗게 빛나고 있었지.

나는 꿈을 꾸고 있다고 생각했어. 커다란 기쁨과 행복이 한꺼번에 들이닥치는 현실은 꿈으로 풀이할밖에 다른 길이 없었던 거야. 날이 바뀌고 달이 바뀌어도 나는 그 몽롱한 꿈속을 벗어나질 못했어.

그날도 종로 길을 걸어 집으로 가고 있었지. 그때 언뜻 흰 안대가 다가오는 것을 보았어. 두 남자 모두 얼떨결에 '어' 하는 외마디 소리를 낸 것 같아. 그 친구 옆에 노을을 등지고 서 있는 선희의 그늘진 얼굴이 보였어. 양손으로 핸드백을 늘어뜨린 채 고개를 숙이고 땅만 내려다보고 있는 모습, 내가 꾸던 꿈속 어디에서도 본적 없었던 낯선 모습을 보고 말았어. 서로가 교차하는 시간은 찰나였고 나는 뛰듯이 내 길을 갔지.

며칠 후 선희와 만나기로 한 날이었지만 나는 나가질 않았어. 그가 내게 보여 주었던 환한 웃음들이 다시 돌아올 것 같지 않다는 생각 때문이었을 거야. 아니, 그런 웃음이 돌아와도 전처럼 맑게 보이지 않을 거라는 두려움 때문이었는지도 모르겠어. 그날 온종일 가슴을 웅크리고 방구석을 뒹굴고 있었지. 상처 입은 짐승처럼.

얼마 후 다른 친구를 통해 흰 안대가 전하는 변명의 말을 듣긴 했지만 내겐 아무런 의미가 없었어.

꿈은 깨어지기 마련이라는 걸 그때 처음 알았던 것 같아. 깨어진 꿈이 남긴 어렴풋한 상처에서 아직도 사랑, 후회, 미련의 흔적을 보곤 해.

약속은 지키셔야죠

젊은 날 한때 반포동에 살았다. 직장은 신사동이었다. 출퇴근 거리가 차로 15분 정도나 될까. 회식이 있던 어느 날, 술을 꽤 마셨다. 술이 과한 날은 택시를 타거나 걸어가는 상식을 지켰다. 그날은 무슨 이유인지 운전대를 잡았다. 동료가 택시 타고 가라고 권했지만 고집을 부렸다.

한 5분쯤 달렸을까. 오른쪽 갓길을 따라 조심조심 가고 있는데 뒷바퀴가 뭐에 부딪히는 느낌이 들었다. 조금 더 가다가 이제는 앞바퀴가 부딪히더니 차가 오른쪽으로 기울며 움직이질 않는 게 아닌가. 급히 내려서 보니 오른쪽 앞뒤 바퀴가 모두 펑크가 난 채 차도와 보도 사이의 경계에 붙어 있었다.

초보 운전자인 데다가 술까지 마셨으니 교통경찰에게 들키는 순간 곧바로 영창감이었다.

'에라 모르겠다. 세워 두고 일단 집으로 가자.'

막 돌아서려는데 빈 택시가 한 대 오는 게 눈에 띄었다.

"아, 저거다."

손짓해 택시를 세웠다. 운전기사를 끌어내다시피 했다. 펑크 난 두 바퀴의 실황을 보여 주었다. 기가 막힌 표정이었다.

"기사님, 좀 도와주세요. 보상은 충분히 할 터이니. 수습해 주시면 20만 원 드릴게요."

협상 과정도 없이 그때 내 월급의 반이나 되는 거금을 제시했다. 술로 간이 커져 있던 탓도 있었겠지만 현장 수습이 그만큼 급박했던 것이다. 그의 입이 쭉 찢어지는 게 보였다.

기사는 능숙한 솜씨로 작업에 착수했다. 내 차와 그의 차에서 스페어타이어를 꺼내 뚝딱 갈아 끼웠다.

"아파트 주소를 가르쳐 주세요. 내가 앞장서 천천히 갈 터이니 따라오세요."

10분이나 걸렸을까. 우리는 안전하게 집 앞에 도착했다. 다시 한 번 그의 작업이 뚝딱 끝났다. 자기 타이어를 내 차에서 떼어 내어 트렁크에 싣고 나서 손을 툭툭 털며 나를 쳐다보았다. '20만 원 주셔야죠' 하는 표정으로.

그때쯤엔 제법 취기가 가셔 있었다. 막상 건네야 할 20만 원의 크기가 얼마만한 건지 현실로 다가왔다. 10여 분 남짓에 뚝딱 해치운 타이어 갈아 끼우기, 10여 분 정도 앞장서 안내해 준 서비스. 아무리 생각해도 거금으로 보상할 일은 아니라는 생각이 들었다. 협상을 다시 해야 했다.

"기사님, 오늘 신세 진 것 두고두고 기억할 것입니다. 아무리 봐도 20만 원은 너무 과하다는 생각이 드네요. 반 정도만 받아 주시면 고맙겠습니다."

10만 원을 받아쥔 그가 딱 한마디 했다.

"약속은 지키셔야죠."

그 말과 함께 그가 내게 보여 준 눈빛, 나는 그 수상한 눈빛의 의미를 이튿날 아침에야 알았다.

출근길에 내 차를 보았다. 옆 차들보다 한층 납작 엎드려 있는 모습이 이상했다. 주인 잘못 만나 이 꼴이 되었다는 듯 나를 올려다보는 커다란 두 눈망울이 그렁그렁해 보였다. 살펴보니 바퀴 네 개가 몽땅 펑크가 나 있지 않은가.

황당한 모습에 욕이 튀어나왔다.

"나쁜 놈!"

멀쩡한 나머지 바퀴마저 펑크를 내며 택시기사가 내뱉았을 소리도 '나쁜 놈'이었을 것이다.

음주운전의 대가가 뭔지, 약속을 지키지 않은 죄에 대한 벌이 무엇인지를 마음에 새기게 한 젊은 날의 실수담이다.

보이는 만큼 보고

내가 뭘 잘못한 게 있다고 내동댕이를 치시냐구요. 평소에는 호호 불어가며 닦아 주고 씻어 주고 하시던 분이 그날은 유별나시더라구요. 책을 읽다가 눈가를 긁적이시더니 갑자기 손거울을 들이대시는 거예요. 아마 눈가에 뭐가 있나 싶어서 자세히 보려고 그러셨던 것 같아요.

그러더니 계속해서 그 손거울을 이마부터 미간, 눈 주위, 코 옆으로 해서 입 주위, 목덜미까지를 샅샅이 검사하시는 거예요. 나중엔 손등의 주름살까지 세밀히 들여다보시더라구요. 다시 한 번 같은 코스를 살펴보시더니 느닷없이 콧등에 얹혀 있던 나를 벗어서 책상 위에 패대기를 치시는 거예요. 놀란 나는 허리가 두 동강이 나는 줄 알았죠.

나동그라진 채 그 양반의 얼굴을 올려다보았어요. 그렇게 심각

할 수가 없었어요. 눈을 꽉 감고 있으나 그 모습에서 허망감, 외로움, 회한 같은 감정들이 복잡하게 뒤엉겨 있음을 읽을 수 있었어요.

이 양반이 거울을 그리 자주 대하는 편은 아니지만 하루에 두세 번은 보죠. 면도할 때, 외출하느라 옷매무새 매만질 때, 머리를 빗을 때죠. 이런 경우 거울을 봐야 1미터 이상 거리가 있고 맨눈으로 보니 만날 그 얼굴이 그 얼굴이지 뭐 특별한 차이 같은 것이 드러나 보이겠습니까. 눈은 착각성이 있어 서서히 변하는 사물에 대해선 그 변화의 차이를 쉽게 알아보지 못하거든요.

맨눈으로 멀찍이 떨어진 얼굴을 보는 것과 나를 걸치고 손거울을 바짝 들이대고 보는 것과는 엄청난 괴리가 있죠. 10년은 쉽게 왔다 갔다 할 걸요. 50으로 보이던 얼굴이 60으로, 60으로 믿고 있던 모습이 70으로 보이는 마술 같은 변화를 상상해 보세요.

화불단행禍不單行이라, 좋지 않은 일은 혼자 오지 않는다잖아요. 한참을 미동도 않던 이 양반이 나를 다시 코에 얹더니 슬그머니 일어나 거실에서 TV에 열중하고 있는 부인에게 다가가는 게 아니겠습니까. 옆에 앉더니 한참 동안 부인 얼굴을 조금 전 자기 얼굴 보듯 들여다보는 거예요. 아니, 탐구한다는 말이 더 맞는 것 같습니다. 천진한 이 부인은 눈치조차 못 채고 천연스레 TV만 봅니다.

탐구가 끝났는지 벌떡 일어난 이 양반 서재로 돌아오더니 이번에도 나를 팽개치듯 내던지시대요. 허리가 아니라 온몸이 바스라지는 줄 알았다니까요. 공연한 짓은 자기가 하고 왜 내게 화풀이를 하느냐구요.

그 심정 이해 못하는 건 아니에요. 두 양반 평소 얘기를 들어보면 알아요.

"당신 다른 사람보다 마음고생을 훨씬 더 했나 봐요. 당신 친구들 하고 비교해 보면 당신이 더 나이 들어 보이는 거 알아요?"

"그러게 말이야. 하지만 당신은 그대로잖아. 눈가에 주름 하나 없고. 같은 또래보다 열 살은 젊어 보이거든. 당신이 젊어 보이게 된 것이 내 마음고생에 대한 반대급부임을 알아야 해. 내 덕에 큰 고생 안하고 살았잖아. 그걸 늘 가슴에 새겨두라고."

"또 그 헛소리."

반대급부니 큰 고생 안하고 살았느니 하는 얘기는 헛소리인지 모르겠지만, 부인이 나이에 비해 훨씬 젊어 보이는 것은 사실이에요.

아내를 맨눈으로 보며 '아직 괜찮네' 하고 믿고 지냈으면 만사형통이었겠죠. 공연히 돋보기 걸치고 탐구한 탓으로 스스로 실망의 구렁텅이에 빠져든 거예요. 두고두고 후회할 일을 한 거죠.

세상엔 거스를 수 없는 자연의 이치와 섭리라는 게 있잖아요. 나이 들면 눈이 어두워진다. 왜이겠어요. 보이는 만큼만 보고 살라는 뜻이거든요. 눈 부릅뜨고 들여다본들 무에 신통한 것이 있겠어요. 힘이 있나요, 누가 알아주길 하나요. 공연히 혼자 안타까워하고 흥분할 뿐이지.

나이 들면 귀도 어두워지잖아요. 같은 이치예요. 들을 수 있는 만큼만 듣고 살라는 뜻이거든요. 비싼 보청기 사서 끼고 세상잡사 다 들어봐야 속만 상하지 무슨 영광스런 일이 있나요.

돋보기 낄 나이가 되면 신문 정도에 좋아하는 책이나 읽으면 족해요. 얼굴은 왜 들여다봅니까. 보청기는 아내 말, 자식 말, 가까운 친구 말 듣는 데 쓰세요. 악쓰는 TV 연속극이나 정치가들 떠드는 얘기, 무슨 정치 토론 같은 것 들으려고 귀에 끼는 건 너무 아까워요.

연륜이 깊어질수록 이치와 섭리에 잘 부응하는 것이 곱게, 행복하게 사는 길이라는 사실을 우리 주인님도 지금쯤은 터득하셨기를 빌지만.

사직서 쓰긴 너무 억울해

간월도를 들러 안면도의 나문재에 나들이 가는 길이었다. 서산 방조제를 지나며 중간쯤에 있는 쉼터에서 잠시 달리던 차를 멈추었다. 주변 경관도 둘러보고 이곳 물막이 공사 개요가 기록되어 있는 대형 입간판을 좀 더 자세히 보기 위해서였다. 그 내용 어딘가에 26년 전 나의 흔적이 들어 있을 것만 같았다.

1984년 나는 종합상사 철강/선박 담당 본부장을 맡고 있었다. 1월 중순경, 회장님이 부르신다는 비서실의 연락을 받고 12층 회장실로 뛰어 올라갔다.

"250,000톤급 폐선용 유조선 한 척을 사서 2월 말까지 울산조선소에 대란 말이야. 3월 5일에 서산 물막이 공사에 쓰려 하니까 꼭 시간 맞추어 대!"

"알겠습니다."

그날부터 대형 유조선 시장을 뒤지기 시작했다. 한 달 후 부산이나 울산에 원유를 내리고 팔아 버릴 배, 서산에서 물막이용으로 쓴 후 해체해서 고철로 쓸 배를 찾아내야 했다. 선박 브로커와 해외지사를 총동원했다. 보름만에 스웨덴 선주로부터 딱 맞는 배를 찾아내 계약을 할 수 있었던 것은 순전히 행운이라고 해야 했다.

행운에 감사하며 한시름 놓고 있는데, 회장실에서 다시 지시가 떨어졌다. 현지의 조수간만 차가 가장 작은 날인 2월 25일로 열흘 앞당겨 공사를 할 예정이니 2월 20일까지 울산에 배를 대라는 것이었다. 2월 20일이면 일주일 정도밖에 안 남았잖은가. 다행히 배는 이미 부산에 도착해 하역 중에 있었으므로 시간에 맞춰 댈 수 있을 것 같기도 했다.

2월 15일에 하역을 끝내고 울산으로 가면 며칠간의 여유가 있으리라 예상을 했다. 모든 큰일은 순풍에 돛단 듯 지나가는 법은 없는 모양이었다. 울산을 향하려던 배가 부산 외항에서 엔진 고장이나 움직일 수가 없다는 통보가 왔다.

스웨덴 본사에 급히 TLX와 전화로 수리를 독촉했다.

시간이 급하기는 중공업 울산조선소도 마찬가지였다. 20일까지는 울산에 와야 인수인계 후 서산에 자항自航으로 갖다 댈 수 있기 때문이었다. 스웨덴 선주가 한국 대리점을 통해 엔진 수리를 의뢰

했다지만 얼마나 걸릴지 알 수가 없었다. 중공업 관계자는 마냥 기다릴 수 없어 엔진 전문 직원들을 뽑아 팀을 만들어 본선이 있는 부산 외항으로 보냈다.

느닷없이 들이닥친 작업복 차림의 수리 팀을 본 선장은 기겁을 했다. 계약금만 낸 남의 배에 승선하겠다는 이 침입자들의 요청은 당연히 거부됐다. 본사로부터 지시를 받을 때까지 외부인은 절대 승선시킬 수 없다는 것이었다.

승선을 못한 수리 팀은 종합상사 부산사무소에 가서 문제를 해결해 달라고 요구했다. 사전 지식이 없었던 부산사무소도 대책이 없기는 마찬가지였다. 겨우 스웨덴 선주의 부산 대리점에 매달려 사정하는 것 외에는 방법이 없었다. 아무 결정권이 없는 대리점의 대답은 본사에 연락했으니 좀 기다리라는 말뿐이었다.

회장님에게 이 상황이 보고되었다. 본선의 애로를 덜어주기 위해 수리 팀을 보냈으나 승선이 거부됐고, 상사 부산사무소에 협조를 구했으나 도움이 안 된다는 내용이었다.

회장님이 이 보고를 들으신 때가 2월 19일(일요일)이었던 것 같다. 중공업에서 회장님께 보고하며 우리 회사 사장이나 내게 이런 사실을 알려 주었더라면 나름대로 대처할 준비가 되어 있을 터였다. 다급한 사람들에게 그런 겨를이 있었겠는가.

다음 날 월요일은 7시 30분부터 사장단 회의였다. 8시 반쯤 끝나자 사장이 급히 나를 불렀다. 회장님실로 바로 올라오라는 거였다.

사장과 함께 회장님 앞에 섰다. 우리를 보시는 눈초리가 살벌했다. 매가 병아리를 향해 내리꽂히는 순간의 눈빛 같았다.

"너희들 일을 망치려고 작정한 거 아니야. 중공업에서 수리공들을 보냈는데 왜 승선을 못하게 하는 거야. 저희들을 도와주려고 갔는데 왜 못 올라가게 해. 당신네들은 뭘 하는 거며 부산사무소라는 놈들은 왜 멍청하게 앉아 있는 거야. 앞으로 어쩔 거야."

"스웨덴 선주에게 연락해서 차질 없이 수리 완료토록 하겠습니다."

"스웨덴? 배는 부산에 있는데 웬놈의 스웨덴까지 연락이 왔다 갔다 해. 그렇게 한가해?"

더 이상 무슨 말을 해도 들을 생각을 안 하셨다.

"무슨 수를 쓰든 수요일까진 수리해서 토요일까지 배를 서산에 갖다 대. 그리구 부산사무소 소장과 담당 과장에겐 책임을 물어. 알았어?"

"예."

급히 나가실 채비를 하며 덧붙이셨다.

"아냐, 그냥 우물우물 넘어갔다간 큰일을 망치겠어. 두 사람 사표 받아서 오늘 12시 전에 내 책상 위에 갖다 놔."

"예."

우리는 회장님께 무슨 말인가를 더 해야 했다. 엘리베이터까지 따라가며 해명의 기회를 엿보았다. 회장님은 종시 그 기회를 주지 않았다. 엘리베이터를 타고도 닫히는 문틈 사이로 내다보시며 되풀이 다짐을 두셨다.

사장실로 돌아온 두 사람은 서로 마주 보기만 할 뿐 할 말을 잃고 있었다.

"어떻게 하죠?"

"글쎄 말이야."

입맛만 다시고 있는 사장과 한 15분쯤 멍하게 앉아 있었나 보다.

어떤 분의 명령인데 거역을 하나. 일단 누구든 사표를 내놔야만 사건이 수습될 것이었다.

"애꿎은 부산 사람들에게 사표를 내랄 수는 없지 않습니까. 책임을 져야 한다면 저이니 제가 쓰는 게 맞겠죠. 제가 시간 맞추어 사직서를 써서 회장님께 갖다 드리겠습니다."

아무 대답이 없는 사장을 뒤로 하고 내 방으로 왔다. 9시 반, 12시 까지는 두 시간 반 남았다. 비서에겐 아무도 들이지 말고 사장실이나 회장실에서 오는 전화 외에는 연결하지 말라고 당부했다.

책상 위에 이면지를 한 장 올려놓고 눈을 감았다. 사방이 어찌 이리 적막할까. 지난 16년 세월이 한달음으로 머리를 스치고 지나 갔다. 비바람을 헤치고 험난한 절벽을 더듬으며 겨우 여기까지 왔는데 이젠 떠나야 하나. 이렇다 할 과오도 없이 이렇게 허무한 마감을 해야 하나 싶었다.

아내와 아이들이 떠올랐다. 하늘처럼 나를 믿고 있는 이들에게 어떻게 사직서 냈다는 얘기를 해야 하나. 친구들에겐 이 상황을 뭐라고 설명해야 할까. 한창 일해야 할 나이에 집에 들어앉아 있으면 그들에게 내 모습이 어떻게 비춰질까. 같이 일하던 동료, 부하들은 뭐라고 할까. '잘난 체하더니 그럴 줄 알았다'고 할까. '일 잘하는 사람이었는데 너무 억울하게 당했어'라고 할까. 아직 마흔 갓 된 나이에 앞으로 무얼 해야 하나. 월급쟁이를 더 해 보나, 차라리 오퍼상 같은 걸로 독립을 해 보나. 이민이나 가버릴까.

오만 가지 생각이 머리를 들쑤셨다. 모든 생각의 끝은 '아무래도 억울해'였다.

'억울해, 너무 억울해. 이런 일로 사표를 내는 건 말도 안 돼.'

한 시간 가까이 미동도 않고 앉아 있었다. 이제 냉정을 찾아 억울한 사태를 이겨내는 바늘구멍만 한 가능성이라도 찾아내야 했다. 거친 사회를 살며 크고 작은 위기를 수없이 겪었고, 그때마다 적절한 대응책을 마련해 여기까지 오지 않았는가. 이번 위기의 대처 방안은 뭘까. 억울한 사직서를 안 내는 거다. 사직서 말고 대안은 없을까. 대안? 대안?

'그렇다. 사표 말고 시말서를 써서 드려 보자.'

사건의 전말을 설득력 있게 적어 보여 드리자. 얼굴 마주하고 말로 보고 드리는 것은 소용이 없다는 것을 겪었지 않은가. 글로 요약을 하면 일단 눈길이라도 주시지 않을까. 내용은 명료하고 사실적이어야 하나 상투적인 보고서 스타일은 아닐 것이다. 상황의 전후좌우를 논리적 설명으로 풀어나가되 급한 성정을 누르며 관심과 흥미를 가지고 끝까지 읽을 수 있도록 하는 유려한 문장력이 도움이 될 것이었다.

백지엔 '사직서' 대신 '시말서'라고 제목을 썼다. 워낙 글씨 모양이 흉하기로 소문이 나 있었지만 죽고 사는 것이 여기에 달려 있으므로 한 자 한 자 정성들여 큰 글씨체로 써 나갔다.

유조선의 계약 경위, 일정 변경, 선박의 현재 상황, 선주와 선장의 입장, 부산사무소의 책임 한계, 현재 우리가 취하고 있는 조치 내용, 향후 일정 등을 일목요연하게 정리했다. 그리고 다소간의 일정 차질이 있긴 했지만 어떤 일이 있더라도 배를 공사 기일 내에 서산에 도착시킬 것이며 이에 어긋나면 책임을 지겠다고 서약하고 서명을 했다.

사인펜으로 꾹꾹 눌러쓴 시말서는 이면지 한 장을 채웠다. 다 써 놓고 십여 분을 소파에 깊숙이 기대어 쉬었다. 마음을 가다듬고 써 놓은 내용을 다시 한 번 찬찬히 짚어 보았다. 아무리 봐도 나무랄 데 없는 명문(?)이었다. 3단으로 접어들고 바람을 가르며 사장실로 달려갔다. 11시 반쯤이었다.

　나를 바라보는 사장의 표정이 착잡해 보였다.

　"이거 한 번 읽어 보시죠."

　"시말서?"

　"마음을 가라앉히시고 찬찬히 읽어 보십시오."

　읽어 가면서 차츰 찌푸렸던 미간이 펴지는 것이 보였다. 나중엔 입가에 엷은 미소 같은 것이 번져 가는 것도 보였다.

　"근사한데. 되겠어. 이 밑에 나도 서명할게."

　사장도 이름을 적고 서명을 했다. 사장의 동의와 연서連署로 힘이 실린 시말서는 한층 더 묵직해 보였다. 시말서를 봉투에 넣어 나에게 주며 당부했다.

　"이거 바로 회장 비서실장에게 갖다 줘. 그리고 부탁해. 그냥 회장 책상 위에 올려놓지 말고 비서실장이 갖고 있다가 회장이 들어오시면 따라 들어가 앉으실 때 '종합상사에서 회장님께 드리라고 가져왔습니다' 하고 직접 전달해 달라고 해. 꼭 그렇게 부탁해. 알았지?"

　비서실장은 이 부탁에 시원스레 대답을 했다.

　"걱정 마세요. 틀림없는 방법으로 회장님께 전달하겠습니다."

　그날 오후 내내, 그 이튿날도 하루 종일 사장과 나는 살얼음판을 걷는 기분으로 보냈다. 회장실로부터는 아무런 기별도 없었다. 그

'명문'이 제 역할을 충실히 한 모양이었다.

시말서를 쓰고 나서 다음 날까지 직원들과 나는 밤낮을 사무실에서 보냈다. 전화통과 TLX를 붙들고 앉아 런던에 있는 브로커와 우리 지사, 스웨덴 선주, 부산의 선주 대리점과 본선, 우리 부산사무소, 울산의 중공업, 수리 팀들과 시간 단위로 현황을 체크해야 했기 때문이었다. 수요일 수리를 마친 배는 금요일(2월 24일) 무사히 서산에 도착했다.

2월 27일, KBS, MBC 등 방송국들이 동원되었고 주요 신문사 기자단들이 이른 아침부터 대기하고 있었다. 역사적인 물막이 공사 현장은 전쟁 신을 찍는 상황을 연상케 했다. 총사령관 역은 물론 회장님이 맡아 진두지휘를 했다. 관계 임직원들은 요소요소에서 각자의 역할을 연출했고, 수백 명의 작업자와 그 숫자만큼의 장비들이 일사불란하게 전투를 벌이고 있었다. 좁아진 물길로 유속이 급해져 승용차 크기의 바위조차 조약돌처럼 밀어 던지는 270m 폭의 마지막 물막이 공사, 그건 자연과 건곤일척의 전투였다.

322m 길이의 거대한 유조선을 4대의 터그보트가 옆구리를 밀어 270m의 물길을 가로막았다. 양수기를 들이대어 배에 물을 가득 채워 가라앉혔다. 동시에 양쪽에서 대기 중이던 대형 덤프트럭들이 커다란 바윗돌로 엮어 만든 5톤 정도 크기의 돌망태를 배의 안쪽 바다로 쏟아부어 갔다. 이렇게 며칠 동안 쏟아부은 돌망태로

4차선 넓이의 길을 낼 수 있는 널찍한 둑이 조성되었다.

오늘 우리가 달리고 있는 6,458m의 A지구 방조제는 이렇게 완성되었다. 일컬어 '정주영 물막이 공법'이 역사적인 개가를 올린 것이었다. 이 방조제 공사로 4,700여만 평의 간척지가 조성되었다.

안내판 어디에도 역사적 현장의 비하인드 스토리가 있을 리 없었다. 과객이 되어 잠시 들른 옛 전사의 눈엔 멀리서 작업모와 점퍼, 군화에 워키토키를 들고 고함을 지르며 종횡으로 누비는 총사령관 회장님의 모습만 생생할 뿐이었다.

선생님 여쭈어 봅니다

주변 친구들을 보면 뭔가 좋아하는 것을 찾아 열심
히 하고 있다. 그림 그리기나 사진 찍기, 악기 연주
를 배우는 이도 있다. 여행이나 등산에 빠지기도 하
고 봉사나 종교활동에 열정을 기울이는 이들도 적지 않다.

나도 좋아하는 골프, 바둑, 등산을 즐기며 한동안 바쁘게 지냈
다. 바쁘고 즐겁기는 했으나 뒤따라오는 허전함을 떨칠 수 없었
다. 온 마음을 다 주어 사랑할 대상으로 삼기에는 어딘가 모자란
다는 한계 때문이었을까.

중학교 2, 3학년 때 작문 선생은 조병화 시인이었다. 학생 시절
럭비로 단련된 몸매가 다부져 보였던 선생님. 체구와 시적 감성은
별개인가. 멋들어진 시적 표현이 나오면 우리는 발을 구르며 환호
했다. 마음을 드러내는 소탈함도 남달랐다.

"내 별명을 술통이라고 불러도 좋아."

그러다가도 분위기가 마음에 안 들면 거친 말로 70여 명의 아이들을 얼어붙게 만들어 버리기도 했다. 수업 방법이 독특했다. 글 제목을 줄 때도 있고, 자유 소재로 글을 써오게도 했다. 써온 글을 1번부터 차례로 읽게 했다. 읽고 나면 거의 모두 야단을 맞았다.

"멍청한 놈, 그것도 글이라고 써왔냐."

이 정도는 야단도 아니었다. 심한 꾸중을 듣고 난 후면 정신이 혼미해져 수업이 끝나고도 한참을 넋 나간 모습으로 앉아 있는 아이들이 허다했으니까.

한 학기에 겨우 한둘 정도가 이런 수모를 피해 갈 수 있었다. 그들에게도 칭찬의 말이 던져지는 것은 아니었다.

"음, 그 글 200자 원고지에 옮겨 써서 갖고 와."

나도 두어 번 써다 드리긴 했지만 그걸 어디에다 쓰는지는 알 수 없었다. 나중에 친구들로부터 얘기를 듣고서야 그 용도를 알았다.

"어, 네 글 말이야, 『학원』에 났더라."

엄한 선생님의 눈에 드는 글을 쓸 수 있었던 것이 우연이었을까.

내가 다니던 초등학교와 우리 집 사이에 자그마한 헌책방이 하나 있었다. 만화나 소설 대여를 전문으로 하는 집이었다. 4학년 초에 우연히 들러 만화를 빌려 보는 것으로 단골이 되었다. 만화로 시작해서 동화책을 거쳐 그 집 메인 메뉴인 소설로 옮겨가는 데는 긴 시간이 걸리지 않았다. 5, 6학년 때 이광수, 김동인, 염상섭 같은 분들의 소설에 빠져들었으니까. 중학교 때에는 톨스토이, 모파상, 지드의 작품을 읽었다. 고2가 되었을 때, 더 이상 거기서 빌려 볼 책이 없었다. 어느 날 혹시나 하고 책방을 들렀다. 주인이 서가 뒤편을 더듬더니 낡은 책 한 권을 꺼내 주며 말했다.

"이젠 마땅히 빌려 줄 책이 없네. 이건 웬만한 사람에겐 빌려 주지 않는 책인데 조심해서 보고 갖고 와."

홍명희의 『임꺽정』이었다. 지은이가 월북 작가라서 금서로 되어 있던 귀한 책이었다. 임꺽정 전집을 읽은 것을 끝으로 고마운 책방과는 작별을 했다. 마땅한 놀이가 없던 시절, 헌책방 덕분에 좋은 책을 접할 수 있었던 것은 행운이었다.

고1 때 시도 써보고 문예반에도 잠시 기웃거려 봤지만 이렇다 할 문학활동을 한 적은 없었다. 좋아하는 정도에 머물렀고 사랑하는 데까지는 가지 않았다. 깊이 사랑해선 안 될 것 같은, 죽자고 사랑을 해 봐야 짝사랑에 그치리라는 그런 두려운 마음도 없지 않았을 것이다.

고등학교 2학년 말쯤이던가. 국어를 맡고 있던 임상흠 담임 선생님이 이런 요지의 말씀을 하셨다.

"연세대학교에서 국문학과 연구생을 모집하는데 4년간의 대학 과정에 오로지 국문학만 연구한다. 등록금 면제에 학사학위도 물론 준다."

대학 진로를 고민하고 있던 터라 귀가 번쩍 뜨이는 소식이었다. 주변을 맴돌며 거리를 두던 문학에 본격적으로 매달려 사랑해 볼 좋은 기회라 생각했다. 방과 후 선생님을 찾아가 말씀드렸다. 선생님의 질문이 엉뚱했다.

"너희 집 잘 사니?"

"별로 잘 살지 못하는데요."

"연세대학이 모집하는 국문학 연구 과정이 네가 생각하는 문학 공부와는 거리가 있을 거야. 무엇이 됐건 이 분야는 돈벌이와는 담을 쌓아야 돼. 나를 보면 답이 나오지 않아? 너를 가난뱅이 문학도의 길로 안내하고 싶지 않아. 법대나 상대를 가. 소질이 있다면 문학은 좀 늦게 시작해도 상관없어. 늘 관심을 놓지 않고 있다가 나중에 여유가 생기면 그때 시작해."

여름 한철은 노타이셔츠로 봄, 가을, 겨울은 한 벌의 양복으로 지내시는 선생님의 말씀은 간곡했다. 그날로 문학에 대한 꿈과 사랑을 접었다.

그 후 오랜 세월 문학과는 먼 삶을 살아왔다.

"首題之件에 關하여 當部에서 綿密히 檢討한 結果 收益 事業으로서의 妥當性이 缺如되었다고 思料되어 採擇 不可함을 通報하오니 惠諒하시고 適宜 措處 있으시기를 仰望하나이다. 細部 內容은

別添 文書 參照 要望. 以上"

글쓰기라고는 이런 공문서 쓰는 게 고작이었다. 책은 1년에 댓 권이나 읽었을까. 그것도 회사 업무나 사회생활에 도움이 될까 해서 마련한 전문서적이나 자기계발서 정도였다.

'나중에 여유가 생기면 그때 시작해' 라는 그 '여유' 가 지금에야 온 건가. 오긴 왔지만 너무 늦게 온 게 아닐까. 평생을 같이 하자고 매달리기엔 떨어져 산 시간이 하도 길어 낯설기까지 하다. 손을 잡으려 해도, 품에 안아 보려 해도 선뜻 내켜하지 않는 눈치다. 어떻게 해야 하나.

임 선생님이 계서 이 마음고생을 여쭈어 보면 뭐라 하실까.

"너무 늦었다는 생각은 너답지 않아. 내가 말렸던 연구생으로 한 번 되돌아가 보면 어떨까. '문학 연구생' 이 되어 4년 동안 오로지 문학에만 매달려 봐. 읽고 쓰며 온 마음으로 사랑을 쏟아 봐. 내 말 듣고 상과대학에 갔듯 이번에는 내 말 믿고 문학의 길을 가는 거야. 알았지?"

고2 때의 그날처럼 이렇게 간곡히 말씀하지 않으실까.

이
동...
순

분홍 보자기

오래전 일이다. 열여섯 여고생이 된 나는 설레는 가 슴을 안고 서울로 공부하러 왔다. 이제 넓은 세상에 서 마음껏 꿈을 펼쳐 보리라. 그러나 서울이란 곳은 그렇게 녹록지 않았다. 호의적이지도 않았다. 도리어 나를 슬프게 까지 했다.

아침에 눈을 떠도 엄마의 목소리는 들리지 않았다. 나를 위해 차 려 놓은 따뜻한 밥상 같은 것도 없었다. 대문 앞에서 "동수나아, 학교 가아자!" 하며 엿가락 늘이듯 길게 늘려 빼던 영자, 상옥이, 말분이의 귀에 익은 목소리도 더 이상 들리지 않았다. 내가 없는 우리 집 앞을 그냥 지나쳐 갈 친구들의 뒷모습. 눈물이 났다.

서울 아이들은 내 이름조차 불러 주지 않았다. 동순이란 고유명 사가 있는데도 낯선 보통명사로 불러대는 것이었다.

"얘, 시골 애!"

그렇게 부를 때마다 어떤 모멸감 같은 것을 느끼곤 했다. 그건 마치 '얘, 촌놈!' 하고 부르는 소리로 들렸기 때문이다. 개성도 호의도 없는, 무슨 사물의 이름 같은 호칭. 여러 개의 조약돌 가운데 하나에 불과한 존재가 된 것 같았다. 그때마다 나는 속으로 항변을 하고 있었다.

'너거는 포항이 행정상 어엿한 도신 줄도 모르나?'

'가시나들, 포항이 얼마나 큰데 시골 시골 캐 쌓노!'

그러나 한 번도 드러내 놓고 말 한 마디 못한 채 속만 끓이고 있었다.

그나마 다행인 것은 내 짝 이경이만은 나를 촌놈 취급을 하지 않는다는 사실이었다. 오히려 내가 자기의 짝인 것을 자랑스럽게 생각하는 것 같았다. 이반 저반 다니면서 내 자랑을 하는가 하면, 내 사투리가 재미있어 죽겠다며 가늘게 실눈을 뜬 채 목젖이 보이도록 웃어대곤 했다.

그 애는 몸집이 나의 두 배는 되고도 남는 것 같았다. 게다가 몸집만큼이나 기도 팔팔해서 꼭 남자 같았다. 그 때문이었을까? 기가 약해빠진 나를 좋아했다. 어디를 가든 내 손을 잡고 다녔다. 옆 반에 갈 때도, 꽃이 자수정처럼 늘어진 등나무 아래 있는 벤치에 갈 때도 나와 함께였다. 심지어 화장실 갈 때도 따라나섰다.

객지에서 고립무원이던 나에게 이경이는 든든한 보디가드이자 믿을 만한 후견인이었다.

입학하고 며칠 되지 않은 어느 영어 시간, 선생님은 읽기를 시키셨다. 여기저기서 "저요! 저요!" 하고 있을 때였다. 옆에 가만히 앉아 있던 이경이가 무슨 생각에선지 나를 추천했다. 커다란 몸집에 우렁찬 목소리. 선생님은 나를 시키셨다.

나는 일어나서 읽기 시작했다. 영어라면 자신이 있었다. 그 억센 경상도 억양도 영어를 읽는 데에는 아무 문제가 되지 않았으니까. 내가 한참을 읽어 가자 교실은 갑자기 침묵 속으로 녹아들고 있는 것이었다. 촌놈이라고 얕봤는데 기대 이상이었던 모양이다. 그 후부터 아무도 나를 '시골 애'라고 부르지 않았다. '동순'이라고 불러 주었다. 비로소 나는 잃어버렸던 나를 되찾을 수 있었다.

그러나 문제는 국어 시간이었다. 영어 시간에 약간 올라갔던 내 목이 국어 시간만 되면 다시 떨어지곤 했다. 나의 경상도 억양이 오르내릴 때마다 서울 가시나들은 여기저기서 까르르까르르 웃어 댔다. 나의 자존심도 그 웃음소리에 따라 잘게 조각나고 있었다. 그래도 그런 것쯤은 참을 수 있었다. 속으로라도 욕해 주면 되었으니까.

정말 난처한 것은 국어 교과서에 나오는 감상적인 단어들 때문이었다. 어머니, 친구, 그리움 같은 단어가 아니어도 하늘, 바람,

별, 바다 같은 흔한 단어만 나와도 나는 눈물이 나왔다. 그 많은 눈물이 어디에 고였다가 그렇게 쏟아지는지. 대책을 세워야 했다. 생각 끝에 내린 결론은 다른 아이들의 시선으로부터 나를 차단해 버리는 것, 그것이었다.

국어 시간이 든 날은 보자기를 준비하기로 마음먹었다. 분홍색 인조견 보자기였다. 덜 튀는 색상을 찾았지만 없었다. 그날 아침 도 시간표에 국어가 있었고 나는 분홍 보자기를 챙겼다. 드디어 국어 수업이 시작되었다. 선생님은 칠판에 그날 배울 시의 제목을 커다랗게 쓰셨다.

'나그네'

순간 나그네의 외로운 모습이 내 위에 오버랩 되는 것이 아닌가. 처음에는 코끝에 싸하는 신호가 오더니 이어서 찡하는 통증이 콧 속을 자극했다. 나는 이를 악물었다.

그리고 눈을 들어 천장을 쳐다보다가 창밖에 있는 목련나무로 시선을 옮겼다. 마침 하늘을 날던 비행기가 보였다. 나는 그 비행 기를 타고 아예 고향으로 가버리고 싶었다. 파아란 고향 하늘을 떠올리고 있을 때, 지명을 받은 아이가 낭창거리는 서울 말씨로 낭독하고 있었다.

길은 외줄기

남도 삼백 리

술 익는 마을마다

타는 저녁놀

나는 듣지 않으려고 귀를 감싸쥐었다. 그러나 내 머릿속에는 이미 고향 마을이며 보리밭이며 저녁놀이 아득히 펼쳐져 있는 것이었다. 참아야 한다며 이를 악물었다. 그러나 야속하게도 내 눈물보는 견뎌 내지 못하고 드디어 터지고 말았다.

나는 준비해 간 보자기를 얼른 뒤집어썼다. 그대로 책 위에 얼굴을 묻고 울었다. 엄마가 보고 싶고 동생이 보고 싶고 뛰놀던 포항 앞바다가 보고 싶었다. 다행히 국어 선생님은 야단치지 않으셨다. 담임 선생님이어서 그랬을까? 아니면 나처럼 시골이 고향이어서 그랬을까? 선생님의 배려가 고마워서 더 섧게 울었다.

지금도 선생님을 잘 기억한다. 우뚝한 코, 훤칠한 키, 이국적 외모. 웃을 때는 하회 양반탈처럼 입꼬리와 눈꼬리가 마주 붙곤 했는데…. 그리고 내 짝 이경이가 생각난다. 덩치도 마음씨도 나한테는 늘 언니 같았는데….

그 후로도 자주 분홍 보자기를 써야 했고, 그래서 내 국어책은 갈피마다 눈물자국으로 얼룩져야 했다. 그렇게 1학년이 다 지나갈 무렵이었다. 그런데 아이들이 더 이상 내 이름을 부르지 않았다. 그렇다고 '시골 애'라고 부르는 것도 아니었다. '분홍 보자기'라고 부르는 것이었다. 분홍 보자기는 그렇게 해서 나의 별명이 되었다.

여고를 졸업한 지도 수십 년, 이제 나는 어머니니 나그네니 바다니 하는 단어에도 눈물을 흘리지 않는다. 성숙한 어른이 된 것이다. 그런데 그 성숙이니 어른이니 하는 단어가 종종 달갑지 않게 느껴질 때가 있다. 그 많던 눈물과 함께 내 여고시절의 맑고 여린 감성들이 모두 메말라 버린 것이 아닌가 해서다.

엄마의 명품지갑

소녀시절 내가 살던 곳은 기차역 부근이었다. 시골 역 풍경은 어디나 그렇듯이 한적하고 쓸쓸하였다. 가을이 되어 코스모스가 하늘거리거나, 드문드문 국화꽃이 피어 있을 때는 더욱 그랬다.

겨울이 한창 깊어 갈 무렵, 여느 때와 같이 엄마는 재봉틀 앞에, 나는 책상을 대신한 밥상 앞에 앉아 있었다. 그러나 바늘을 쥔 엄마의 손끝만 방에 있었을 뿐, 쓸쓸한 눈길은 언제나 바깥을 향하고 있었다. 밤이 깊으면 더욱 또렷이 들리는 기적소리에 마음을 빼앗긴 엄마의 얼굴은 달빛처럼 은은할 뿐, 말이 없었다. 서울로 유학 간 당신의 장남이 그리워서일까?

이제 며칠만 있으면 큰오빠가 온다고 했다. 딸 셋은 달력에 엄마가 쳐놓은 빨간 동그라미가 있는 날을 학수고대했다. 그러나 엄마와 같이 순수한 그리움이 아니었다. 우리의 기다림은 아들이 그리 웠던 엄마의 마음을 꾹꾹 눌러 차린 푸짐한 밥상에서 떨어지는 고 물이었다. 엄마가 지칭하던 '쓸데없는 가시나들'의 밥상과는 격이 달랐으니까.

얻는 게 있으면 잃는 것도 있던가? 오빠 덕에 맛있는 것은 좀 먹 었지만 며칠 후엔 먹은 값을 치러야 했다. 그동안 모인 시험지를 오빠한테 검사받아야 했고, 임시 가정교사는 매우 깐깐했고 냉정 했다. 이제는 빨리 돌아갈 날만 학수고대했다. 나는 속으로 오빠 가 돌아갈 날에 빨간 동그라미 두 개를 치고 있었다.

드디어 그날이 왔다. 역으로 걸어가는 말쑥한 대학생 오빠의 뒷 모습은 여중생이던 내 눈에도 멋이 있어 보였다.

멀리서 시커멓게 달려오는 기차를 보던 엄마가 갑자기 굳게 잡 고 있던 아들의 손을 놓아 버리고는 치마를 확 걷어올렸다. 마치 속옷 패션쇼를 하듯이. 오빠는 당황하였고, 우리는 멍하니 쳐다만 보고 있었다. 치마 밑의 속고쟁이가 부끄러운 듯이 나타났다. 꾀 죄죄하기만 하던지, 얼룩얼룩한 무늬나 없던지, 주머니 줄이라도 맞춰 달던지! 게다가 주머니의 윗부분은 지퍼 대신 손가락만한 핀 으로 꾹 잠겨 있었다.

그 주머니에서 내놓는 건 십 원짜리 지폐 몇 장이었다. 생각해 보면 요즘의 만 원짜리 몇 장 정도는 된 것 같다. 아무튼 그 돈은 황당해서 어쩔 줄 몰라하는 오빠 손에 쥐어졌다.

"이거 가지고 있다가 배 곯지 말고 디게 급할 때 쓰거래이, 비상금이다."

시종일관 엄마는 당당했다. 일그러진 오빠의 얼굴 앞에서도.

세월이 흘러 나도, 한 살 밑 여동생도 여고생이 되었다. 우리도 오빠와 같이 서울에서 공부하게 되었다. 그때도 엄마의 거침없는 행동은 여전히 이어졌다. 내 동생은 나와는 달리 성격이 매우 화통하고 외향적이었다. 그래서 가끔 엄마에게 대들 때도 있는 용기 있는 아이였다. 우리 둘이 겨울방학을 집에서 보내고 나란히 상경하는 날이었다.

"엄마, 줄 꺼 있으믄 지금 도오. 또 사람들 마이 있는 데서 치마 걷어올리지 말고!"

내 속에 꽉 차 있던 불평을 동생이 말했다. 하지만 그럴 때마다 엄마는 말씀하셨다.

"없다. 다 줏는데 머가 있노. 인자 아무것도 없다."

나는 속으로 오늘은 정말 그런 행동을 하지 않으려나 보다 하고 안심하고 기차를 탔다. 그런데 이번에는 기차 안에 와서 치마를 걷어올리는 것이었다. 무대가 좁아서인지 엄마의 속옷에 스포트라이트가 비쳐지고 있었다. 그때만 해도 시골에서 서울로 여고에 진학하는 일은 드물었기에, 우쭐한 나는 있는 멋 없는 멋 다 내어 폼 잡고 있는데 말이다. 어쩔 수 없이 엄마를 외면해 버렸다. 마치 남남인 것처럼.

그런데 동생은 눈을 치켜뜨고 엄마를 나무라고 있었다. 아마도 엄마는 그때 그 속고쟁이 주머니를 명품지갑으로 착각하고 있었던 게 아닐까. 꼬질꼬질한 속옷을 당당하게 내보이던 우리 엄마. 가끔씩 그때 일을 생각하면 우습기도 하고, 엄마를 외면했던 일이 후회스럽기도 하다.

알뜰하고 악착같던 내 어머니였다. 나처럼 당신도 종갓집 종부이셨다. 그 시대엔 지금보다 훨씬 힘든 며느리의 삶이었고 종부의 책임이었지만 엄마는 잘해 내셨다. 마치 여장부처럼 집안 대소가를 휘저으며 경영하시던 어머니 모습을 나는 기억한다. 그 와중에서도 밤잠을 줄여가며 삯바느질까지 하셨다. 그렇게 번 돈은 주로 자식들의 용돈과 대소가의 어려운 친척들을 돕는 데 쓰셨고, 또 종부로서 제수 음식을 더 풍족하게 장만하는 데도 쓰셨다.

한푼 두푼 모아 둔 엄마의 명품지갑은 우리가 서울로 떠날 때는 아낌없이 열렸다. 그러나 정작 당신을 위해서는 아무리 배가 고파도 허리띠를 졸라맬망정 그 지갑은 열지 않으셨다. 아낌없이 내놓는 돈에는 옵션도 따라다녔다. '공부 열심히 하고' '집에 일찍 들어가고' '너거끼리 싸우지 말고' '편지 자주 쓰라'는 것이었다.

나의 첫 감전사고

대학 졸업장을 받기 무섭게 포항으로 내려왔다. 사범대학을 나온 나는 학교에 발령을 받았고 여중 선생님이 된다는 꿈에 부풀어 있었다. 하지만 빨리 시집을 보내겠다는 부모님의 성화에 못 이겨 오랫동안 품어 왔던 꿈은 애석하게도 접어야 했다.

집에 온 지 보름 만에 첫선을 봤다. 더 정확하게 말하자면 선을 본 것이 아니고 선을 보인 것이었다. 게다가 처녀총각이 서로 마주 보며 만나는 게 맞선인데 그날 총각은 그 자리에 없었다. 시어머님 되실 분과 시고모님, 중매쟁이 세 분뿐이었다. 부산에서 포항으로 며느릿감 겸 종부감을 선보러 온 것이었다. 그러기에 시아버님까지 오셔서 먼발치에서 나를 심사하고 가셨단다.

며칠 지나자 합격통보가 왔다. 몇 점인지는 몰라도 세 시어른

되실 분들의 점수를 합산한 결과는 합격점이었다고 했다. 내게 가장 영향력을 미칠 시어머님의 점수가 제일 높았다는 말을 할 때는 중매쟁이의 목에 힘이 잔뜩 들어가 보였다.

나는 당장 경주에서 양장점을 하는 외사촌 올케언니를 찾아갔다. 총각을 만날 때 입을 옷을 맞추기 위해서였지만, 그보다 만만한 언니한테 첫선 본 이야기를 은근히 자랑하고 싶어서였다. 부잣집이고 자가용도 있다는 말을 강조했다. 종부니 맏며느리니 하는 말은 슬쩍 넘어갔다. 외사촌 언니는 종부는 고사하고 맏며느리도 힘든 자리라고 극구 말리는 것이었다.

"애기씨가 뭐가 부족해서 그런 집에 시집 갈라카노? 내가 양장점을 십 년 넘게 하면서 느낀 건데, 맏며느리들 옷 맞출 때 지 맘대로 하는 사람 못 봤데이. 색깔이며 디자인이며 지 옷 맞추면서 시어른들 식미에 맞추더라카이."

올케가 하는 말이 좀 과장되었다 해도 옷을 좋아하는 나로서는 충격이 컸다.

"그것 뿐이 아이데이. 처녀 때 잘나가던 아가씨도 맏이로 시집 가더니 얼굴에 궁상이 줄줄 흐르더라."

내가 짓고 있던 궁전이 소리 없이 무너지고 있었다.

"부자면 뭐하노? 마음이 편해야지."

올케언니가 마지막으로 한 말이 가슴에 와 박혔다. 많은 갈등을 느꼈다. 그러나 부모님의 완강한 뜻을 거역할 수는 없었다. 엄마는 또 이런 말로 흔들리는 나를 설득시키셨다.

"용 꼬리보다는 뱀 머리가 낫데이."

하기사 나도 꼬리는 되기 싫었고 힘이 들더라도 머리가 되고 싶었다. 또 내 눈에는 종부인 엄마의 마음고생보다는 아랫동서들 거느리고 대장 노릇하는 모습이 근사해 보였다.

미래의 신랑감을 처음 만난 것은 사월 어느 날이었다. 겨우내 얼었던 땅은 부드럽게 녹고 꽃들은 제각각의 모양과 색으로 경쟁하듯이 피어올랐다. 20대 초반 내 인생도 그해 봄날처럼 이제 막 달아오르기 시작했다. 지금 생각해 보면 그해의 봄만큼 나를 설레게 했던 기억은 없다. 그때만큼 웃음이 헤픈 때도 없었다. 그때만큼 하늘하늘한 원피스가 잘 어울렸던 때도 없었던 것 같다.

몸 단 중매쟁이는 나비의 바쁜 상황을 미주알고주알 설명하면서 꽃이 나비를 찾아가 주기를 권했다. 엄마까지 부산 외오촌 아저씨 댁에 놀러 가라고 은근히 내 등을 떠밀었다. 그러나 한가한 꽃이 나비를 찾아가기로 마음먹은 것은 나비가 궁금해서 마냥 기다릴 수 없었기 때문이었다. 나는 부산 외가에서 근 보름을 머물면서 총각과 하루걸러 한 번 꼴로 데이트를 했다.

처음 맞선 본 장소는 서면에 있는 고려당 빵집이었다. 계절은 4월이라지만 꽃샘바람이 차가웠다. 그래도 나는 경주에서 맞춘 원피스를 입고 나갔다. 짙은 연두색 바탕에 하얀 풀꽃무늬가 촘촘히 박힌 옷이었다. 라운드형 목선에 허리는 잘록했고 허리 아래는 세미 플레어에 치마 길이는 그때 유행하던 미니였다. 그 옷을 입었을 때 콩닥거리는 내 마음처럼 원피스의 풀꽃이 팔랑거렸다.

부산 지리에 어두운 나를 나보다 두 살 아래인 육촌 여동생이 빵집까지 데려다 주었다. 우리는 정해진 시간보다 먼저 도착했고 동생은 내 시아버님이 그랬던 것처럼 먼발치에서 총각을 심사하기로 했다.

조금 있으니 다리가 긴 총각이 들어왔다. 나는 알아차렸다. 그도 첫눈에 나를 알아보는 것 같았다. 첫인상이 당당했다. 자신만만하게 뻗은 나무 같았다. 그런데 내 눈에 그 나무가 좀 건들거려 보였다. 인사를 할 때 그의 서글서글한 눈망울이 나를 사로잡았지만 마음 한편으로는 그 건들거림이 건달과 연관되어 자꾸 염려가 되었다. 그날 무슨 이야기를 했는지는 잘 생각이 나질 않는다. 하지만 고장 난 레코드판처럼 한 마디만 계속 들려오고 있었다.

"눈이 참 아름다우시군요."

이틀 지나서 두 번째 만났다. 처음 만났을 때와는 달랐다. 얘기를 할수록 진중하다고 생각되었다. 그제야 '건달'하고는 거리가 멀다는 생각이 들기 시작했다. 자신의 포부를 말했을 때, 내 마음이 이미 그 사람 쪽으로 기울고 있음을 느꼈다. 그는 컸다. 키도 컸고 눈도 컸고 포부도 컸다.

우리는 저녁을 먹으러 갔다. 뭘 좋아하느냐고 나에게 물었다. 다 잘 먹는다고 했다. 그러면 보신탕이 어떠냐고 했다. 나는 그때까지 보신탕이 어떤 음식인지 몰랐다. 몸을 보신하는 음식이겠거니 생각했다. 외가에 돌아와서 보신탕을 먹었다고 했더니 그런 걸 먹는 처자가 어디 있느냐고 모두 황당해했다. 두 번 만난 처녀한테 보신탕 먹이는 총각이나 좋다고 따라가는 처녀나 아무리 생각해봐도 두 사람 수준은 비등한 것 같았다. 이런 게 천생연분인가 싶었다.

세 번째 만났다. 두 번은 서로 마주 보고 앉았었는데 세 번째는 나란히 걸었다. 다른 연인들처럼 손을 잡거나 팔짱은 끼지 않았지만 앞보다는 옆이 더 가깝게 느껴졌다. 그러나 두 사람 사이에는 일정한 간격이 유지되고 있었다. 예의가 깍듯해서 그런지 용기가 없어서 그런지 그는 간격을 좁히지를 못했다. 내가 입은 치맛자락만 봄바람에 경계선을 넘나들며 풀 먹인 삼베처럼 뻣뻣한 그를 자극하는 것 같았다. 그러나 그의 눈빛만은 용감했다. 나를 향한 큐피드의 화살을 연신 발사하고 있었다.

그날도 다른 날과 같이 내 외가까지 바래다주었다. 우린 집 앞에서 헤어져야 했다. 인사를 하고 돌아서려는데 내 손에 그의 손이 덮쳐 왔다. 슬쩍 잡으려다가 내가 너무 놀라는 바람에 그 사람은 얼른 놓아 버렸다. 순식간에 내 얼굴에 불길이 스쳤고 온몸이 전기 충격을 입은 것같이 찌릿찌릿했다. 그의 얼굴도 빨개졌다. 목덜미도 붉은 머플러를 두른 것 같았다. 이것이 우리 둘의 첫 스킨십이었다. 그 이후로 우리는 수도 없이 손을 잡았지만 그때만큼 볼트수가 높은 전류는 흐르지 않았다.

세월이 흐르면서 전류의 세기는 점점 약해져 갔다. 결혼 수십 년이 지난 요사이는 그것마저도 흐르지 않는다. 그뿐이 아니다. 희미한 옛사랑의 그림자처럼 눈빛도 점점 사위어 가고 있다.

이제, 처음 그 사람 손이 스쳤을 때의 감전사고 같은 충격은 더 이상 기대할 수는 없을 것이다. 하지만 그때를 생각하는 순간만은 난 아직도 스물네 살로 돌아간다. 그리하여 그 숱한 세월에도 녹슬지 않고 반짝이는 한 마디 말이 내 귓가를 맴돈다.

"눈이 참 아름다우시군요."

새색시 회가回家 가던 날

1971년 윤오월 중순경, 들녘에는 마거리트꽃이 지천으로 깔려 있었다. 나는 그 꽃으로 장식한 화관을 쓰고 6월의 신부가 되었다. 그날로부터 스무 날쯤 지나자 시댁 고향인 앞실 마을로 회가를 갔다.

다홍치마, 초록저고리를 곱게 차려입은 나와 시어머님을 태운 지프가 달리기 시작했다. 도시인 부산과 경주를 벗어나니 울퉁불퉁한 길이 색시 엉덩이를 들썩였고, 초여름 훈풍은 새색시 저고리 앞섶까지 들쑤셔 놓았다. 신랑을 대신해 내 옆자리에 앉으신 시어머니는 사뭇 흐뭇해하는 눈치셨으나 나는 문득문득 허전했다. 같이 못 온 신랑이 원망스러웠고 둘을 떼어놓은 시부모님이 야속했다.

고향에서 여중을 마치고 8년의 긴 세월을 부모와 떨어져서 살았다. 공부를 마치고 고향으로 돌아왔지만 또 넉 달 만에 남의 집

며느리가 되어 부모형제를 떠나야만 했다. 아련한 그리움과 객지 생활의 서러움으로 내 가슴은 군데군데 얼룩져 있었다. 그러나 신록이 무성한 산과 들, 한가히 햇볕을 쬐고 있는 물오른 벼들을 바라보니 여유, 자유, 풍요가 물안개처럼 피어올랐다.

유년시절 잠깐 살았던 안강읍을 지날 때는 들판의 벼들이 추억처럼 물결쳤다. 안강을 지나자 곧 단구리라는 이정표가 보였고 금방 고향 마을 어귀였다. 앞실이란 곳이었다. 저만치 앞에 빨간 접시꽃이 반갑다고 활짝 웃고 있었다. 자동차 소리에 미리 나와 있던 개들은 왕왕 짖어댔다.

"저 집이 우리 집이란다."

시어머님의 손끝에 덩그런 기와집이 목을 빼고 있었다. 대문으로 막 들어서는데 마당 한쪽 외양간에서도 소가 목을 빼며 음~매 소리를 냈다. 왕방울만한 눈을 껌벅껌벅이는 것이 우리를 보고 하는 눈인사 같았다. 정면에 한일자로 지어진 안채는 퇴락해 보였다. 200년이 넘는 8대조 할아버님 때부터 대대로 기거하신 유서 깊은 고택이랬다.

문살에 창호지를 바른 여닫이 방문 고리에 조상님의 손때가 곱게 묻어 있었다. 왼쪽 끝에 얼기설기 맞춰서 만든 정지문이 보였다. 조심스레 당겨 보았다. 흙으로 된 정지바닥이 파도처럼 울룩불룩했다. 너무 낮아 허리를 반으로 접어도 손이 닿지 않을 듯한

Kang jj 2014

시멘트 부뚜막은 동화책 속의 꼬부랑 할머니를 떠올리게 했다.

안채 뒤편에는 울타리 대신 대나무가 촘촘했고, 설렁설렁 바람에 댓잎이 기와 위에 풍죽도를 치니, 졸라맨 새색시 치마 말기 속에 번진 땀이 절로 사라졌다.

고향 어른들이 안채 마루에 정좌하시고, 새색시는 앞앞이 절을 올리는 의식을 치렀다. 시어머님이 일일이 소개를 해 주셨다. 누가 누군지 구별이 안 되었으나 "네" 하고 아는 듯이 대답했다.

사랑채 마루로 들어섰다. 눈에 가장 잘 띄는 정면 벽에 시조부님 초상화가 걸려 있었다.

"니가 누고?"

근엄하게 묻고 계셨다.

"할아버님의 장손 경호씨 색시입니다."

나붓이 인사드렸더니 묵직하게 다문 입이 빙그레 열리는 듯했다.

'너는 손씨 가문의 8대 종부로 이 집안을 이끌어 가야 할 중한 책임을 지닌 사람이며, 우리 가풍의 첫째로 꼽는 효도와 우애의 소중함을 가슴 깊이 새겨 두라' 는 의미 같았다.

유월의 금빛 해는 저물어 가고, 황혼이 물든 마을은 그곳 사람들의 눈빛처럼 포근하였다. 나는 그 가운데 서서 새롭게 시작되는 나의 인생을 가슴 벅차게 준비했다. 밤이 이슥해지자 몰래 우물가로 나왔다. 조그만 우물 속엔 하늘을 몽땅 옮겨다 놓은 듯 달님,

별님이 꽉 차 있었고 친정엄마까지 와 있었다. "엄마~아!" 하고 불러 보았지만 대답은 없고, 대신 귀가 따갑도록 들었던 말만 우물 속에서부터 우렁우렁 울려 나왔다.

"밥거럭에 붙은 밥알 깨끗이 떼무래이."

"하루에 낯을 멧뿌이나 씩노? 사분 닳는데이."

"니 서방 등골 빼먹을라카나."

일찍부터 객지로 보내고, 졸업하자마자 귀한 집 종부로 시집보내는 딸이 얼마나 염려스러웠으면 여기까지 오셨을까. 평소 잔소리 많고 극성맞은 엄마라고 생각해 왔지만, 그날만은 그 모든 것이 지극정성으로 느껴졌다.

"남편을 하늘처럼 받들어야 한데이."

"니 남편이 왕이 돼야 니가 왕비가 되는기라. 내 말 맹심하고 내조 잘 하거래이."

눈만 마주치면 하던 잔소리가 그날 밤은 하늘의 별이 되어 반짝거렸다. 또 하나의 큰 별이 섬광처럼 빛났다. 낮에 들었던 사진 속에서의 시조부님 말씀이었다. '꼭 할아버님 유지 받들어 남편과 함께 손씨 가문을 빛낼 수 있도록 최선을 다하겠습니다.' 다시 한 번 시할아버님께 약속드리며 내 인생사에 길이 기억될 회가 날은 그렇게 막을 내리고 있었다.

밥값은 해야제

내 인생 1막이 끝나고 2막 1장이 열리려는 때였다. 친정엄마는 새로운 무대에 오르려는 딸을 염려했지만 나는 좋기만 했다. 그곳은 구질구질한 엄마 잔소리 대신, 백마 탄 낭군님의 다정한 목소리와 애정 넘치는 눈빛만이 있을 곳이라는 생각을 하면 스물넷의 내 가슴은 터져 나갈 듯했다.

나의 새 무대는 내가 꿈꾸어 왔던 그런 곳이었다. 한옥 안채와 양옥 사랑채의 기역자 두 건물에, 앞에는 정원, 연못, 등꽃나무가 있고, 옆에는 곳간이 있고, 곳간 뒤편으로 우물이 있고 감나무도 있었다. 내가 입어야 할 무대의상은 한복이었다.

시집온 그날부터 유월이 지나가고, 칠팔월의 삼복더위도 넘기고, 그해가 다 가도록 벗지 않았다. 그건 여름천인 생고사로 깨끼바느질을 한 치마저고리를 입고 나가면 보는 사람마다 "아이고 이뻐라, 철개이 날개 같데이" 하는 말 때문이었으리라.

나는 그 말을 들을 때마다 내가 입은 한복이 정말 천사의 날개처럼 느껴졌다. 내가 신은 하얀 버선과 앞이 뾰족한 코고무신과 옥양목 앞치마는 모두 그 날개를 빛나게 해 주었다. 머리 모양은 뒷목을 다 드러낸 올림머리였다. 관객의 시선이 서로 시샘하며 그곳으로 모여들었다. 관객 중에는 연못 속을 한가롭게 유영하며 시를 적기도, 또는 흘금흘금 새 사람을 훔쳐보기도 하는 금붕어, 은붕어는 물론 연못 주변을 사색에 잠겨 걸어 다니는 잘생긴 개도 있었다.

주 등장인물 중 어른이신 시부모님이 "애야" 하고 부르시면 나는 여덟 폭 치마꼬리만 살푼 걷어 쥐고 사뿐사뿐 걸어가서 머리를 조아렸다. 여고생 시누이가 "새언니" 하고 부를 때는 말끝에 고물 묻을세라 치마 싸잡아 쥐고 '곱단이'처럼 달려갔다. 막내 시동생은 까까머리 중학생이었다. 새 형수인 나를 어찌나 좋아하던지, 구슬 같은 땀을 흘려가며 긴 대청마루를 닦아 줄 때도 있었다. 그런 시동생이 "형수요" 하고 약간 수줍어하는 목소리를 내면, 내 마음은 두둥실 구름이 되고 몸은 날쌘돌이가 되어 치마 버쩍 쳐들고 단숨에 갔다.

그러는 내가 드라마에 나오는 조선시대 어느 양반댁 며느리 같다는 생각이 들었다. 나이 어린 시누이와 시동생한테 깍듯이 "예,

예"할 때는 더욱 그랬다. 걸을 때마다 사각사각 치맛자락 스치는 소리는 품위와 절도가 있었다. 별당마님 목소리처럼 생각되었다. 그렇게 나는 매일 드라마의 주인공이 되곤 했다.

발칙한 연기도 해 보았다. 버선발로 긴 대청마루를 거닐며 있지도 않은 하인들을 댓돌 밑에, 마당 한가운데 일렬로 세워 놓고 집안일을 지시하였다. 입은 한일자로 다물고, 허리를 꼿꼿이 세우고, 매몰찬 눈빛으로 그들을 압도했다. 평소의 다소곳한 내 모습과는 천양지차가 났다. 치자빛 고운 저고리 속에는 허영심이 가득했다. 그러나 그 오만방자한 허영이 사라지는 데는 그리 오래 걸리지 않았다.

그날도 한 종가의 종부로 낮 시간을 바삐 보내고 밤이 되어서야 서방님을 만났다. 멈추고 싶은 시간은 여름 소나기처럼 짧았다. 다리와 팔오금에 밤송이 같은 땀띠가 겨우 잠이 들었나 싶으면 벌써 창밖은 희끗희끗 밝아왔다. 이불로 눈은 가려 보지만 돋는 해를 어찌할 순 없었다. 그때쯤이면 밖에서 영락없이 들리는 소리.

"순자야."

나지막하나 무게가 실린 시어머님의 목소리. 분명 심부름하는 애의 이름인데 왜 내 가슴에서 북소리가 나는지 모를 일이었다.

'쿵, 쿵'

깊이 잠든 척할 수밖에 없었다.

"자야~."

이번에는 '순' 자를 생략했다. 힘이 들어간 '야' 자가 공중으로 흩어지더니 마지막에 내 귀에 와서 웽웽거렸다. 균열된 벽돌처럼 불안정한 목소리는 친정엄마가 늦잠 자던 나를 깨울 때 내던 음색과 흡사했다. 찰떡같이 붙었던 신랑을 인정사정없이 떼어 냈다.

새벽공기가 신랑의 입맞춤처럼 감미로웠다. 신새벽 새 며느리를 대하는 시어머님의 눈길이 비단결 같았다. 어릴 적 내 머리를 쓰다듬어 주시던 엄마의 손길 같았다. 일 년이 지난 후, 나도 내 애기를 그렇게 바라보았다.

문득 시어머님의 오지랖에 있는 물건에 눈이 갔다. 그건 며칠 전부터 버리려고 작정했던, 황토로 만든 연탄아궁이 뚜껑이었다. 중간에 금이 가서 쩍 갈라지기 직전이었고, 아궁이를 덮고 열 때 거는 고리마저 겨우 붙어 있어 당장 버려도 아깝지 않을 정도였다. 시멘트 부뚜막에 웅크리고 앉아서 금이 간 양쪽을 철사로 옭아매시는 중이었다. 달랑거리는 고리도 실한 철사로 바꾸셨다. 수리된 뚜껑은 새것처럼 보였다. 그리고는 혼잣말처럼 하셨다.

"밥값은 해야제."

그 말을 듣는 순간 내 머리가 저절로 땅에 떨어졌다. 죄목이 무언지는 잘 몰랐다. 그러면서도 속으로는 항변하고 있었다.

'부잣집 사장님 사모님께서 비싼 물건도 아닌 고작 깨진 연탄아

궁이 뚜껑이나 고치다니, 그것도 밥값을 하기 위해서라고….'

숙인 머리 밑으로 실망과 불만이 수북이 쌓였다. 한편 같은 여자
로서 연민의 정 같은 게 아련히 스쳐 지나가고 있었다. 시어머님
의 몸은 정상이 아니셨다. 한쪽 다리 절반 이상을 잘라낸 불구셨
다. 아들 딸 6남매와 당신 내외, 장정 같은 시동생 둘 모두 열 명
식솔들의 먹거리, 입을거리를 해대느라 자식 여섯 낳고도 산후 조
리는커녕 손에 물 마를 날이 없었단다. 무리한 가사노동은 병을
가져왔고, 처음에는 관절염이었으나 점점 깊어져 암이 되었다고
했다. 다른 곳에 전이될까 봐 결국은 잘라 내기까지 했다.

생각이 한달음에 거기까지 갔다. 버선발 위로 난무하던 실망과
불만은 온데간데없고 대신 미안한 마음만 안절부절못했다.

'저 몸으로 가만히 계셔도 힘드실 텐데….'

'이때까지 하신 일만 해도 당신 생전의 밥값은 하고도 남을 텐
데….'

귀동냥으로 들었던 시부모님의 파란만장한 세월들이 영상처럼
돌아가고 있었다. 시아버님께서는 한 가문의 종손으로서 집안의
경제적 기반을 닦기 위하여 고향의 농토를 부모님께 맡기고 먼저
도회지인 부산으로 가셨다. 남편의 내조와 자식 공부를 위해 시어
머님도 곧 뒤따르셨다. 시아버님이 처음 시작하신 사업은 연탄을
한장 한장 손으로 만들어 내는 가내공업이었다고 한다. 한 분은

바깥에서, 한 분은 안에서 온전히 맨몸으로 싸우셨던 것이다.

시어머님은 원래 많은 식구에다 새로 불어난 직공들의 먹는 것은 물론이고 시커먼 연탄가루가 칠갑된 옷까지 빨아대셨다. 나는 그분 앞에서 몹시 부끄러웠다. 얼른 앞치마 밑으로 내 손을 숨겼다. 저고리 속의 허영심을 숨기기라도 하듯이.

시어머님은 목발을 한쪽 겨드랑이에 끼우고 말없이 그 자리를 뜨셨다. 한 여인의 뒷모습은 쓸쓸해 보였다. 그 후 겨우 다섯 달 뒤에 시어머님은 세상을 떠나셨다. 관절에 생겼던 암이 결국 폐로 번졌던 것이다. 그날은 시집왔을 때 만발했던 등꽃도 시들어 버렸다. 연못 속의 붕어들도 시를 쓰지 않았다. 마당의 개도 웅크리고 앉아 있었다. 온 천지가 아득하였다.

그때서야 시어머님의 예사롭지 않던 일거일동이 어렴풋이 이해가 되었다. 53세의 시어머님은 시한부 인생을 살고 계셨던 것이다. 부랴부랴 당신 뒤를 이을 종부를 들여놓으시고는 천방지축 철딱서니를 남들한테 칭찬 듣는 종부로 만들고자 긴긴 오뉴월 하루해를 다 보내셨다. '백문百聞이 불여일견不如一見'이라, 몸소 행동으로 가르치시려 했던 것이리라.

불편한 몸이었지만 한 번도 흐트러짐 없는 모습은 아녀자의 몸가짐에 대한 가르침이었고, 의족을 한 다리를 쭉 뻗으시고 앉은뱅이 재봉틀 앞에서 바느질하시던 모습은 좋은 것, 편한 것만 갈구

하던 젊은 며느리에게 어려움을 극복해 내는 의지력을 가르치고자 했을 것이다. 며느리에게 하는 꾸지람도 옆에 있는 당신 딸이나 '순자'를 야단쳐서 알아듣게 하셨다. 그것은 친정엄마의 맞대놓고 하던 야단과는 달랐다. 그 어디에도 걸리지 않았다. 바람처럼 귀로, 눈으로, 머리로 쏙쏙 들어왔다.

시어머님의 병세가 날로 악화되어 고통이 점점 심해지는 와중에도 통증이 잦아지는 틈을 타서 내 손을 꼭 잡으셨다. 세상에 둘도 없는 인자하신 모습이었다. 양동마을 대종가 사랑채에 걸린 하루에 참을 인忍자 백 번을 쓰며 인내를 기른다는 서백당書百堂 현판 이야기를 들려주시며 종부의 덕목으로 참을 인자가 으뜸이라 하셨다.

종가를 찾는 대소가 친인척들, 어른 아이 모두에게 친절해야 한다고 하셨다. 특히 살림이 어려운 친척들에겐 더욱 마음을 써서 혹여 섭섭한 생각이 들지 않도록 해야 한다고 당부하셨다. 시어머님 병문안에다가 새 며느리인 나를 보러 오는 사람들까지 그때 시댁은 나날이 문전성시를 이루고 있었다. 그중에는 가난한 이들도 많았다. 그들에게 아낌없이 퍼주시던 시어머님 모습은 두고두고 잊히어지지 않는다.

"사람이 눈을 떴으면 눈 뜬 값을 해야 하고, 밥을 먹었으면 밥값을 해야제."

"멀쩡한 사지를 놀리는 건 죄를 짓는 것이제."

많은 뜻이 함축된 이 말들은 살아가면서 차근차근 가르쳐야 할 것들이었다. 비록 같이 있었던 시간은 몇 달밖에 안 되지만 그 간에 나에게 심어 준 교훈은 40년이 넘도록 내 인생 지침서가 되어 왔다. 그때의 별 모양으로 옭아매신 연탄아궁이 뚜껑과 그때 혼잣말처럼 하시던 말씀은 내 가슴에 지금도 별처럼 반짝이고 있다.

"밥값은 해야제."

엄마니까

어렸을 때부터 엄마에게서 자주 듣던 말이 있다.

"사람은 뭐라 캐도 사주팔자를 잘 타고나야 하는 기라."

때로는 이런 말도 덧붙이셨다.

"니 사주에는 귀인이 들어 있데이."

"니 아나? 사주팔자는 삼신할매가 점지하는 거."

마치 우리가 태어난 건 물론이고 우리의 사주四柱까지도 순전히 삼신할머니에 의해 결정된다는 투로 말씀하셨다.

내가 일곱 살 되던 해 여름, 막냇동생이 태어났다. 밑에 여동생과 놀다가 들어와 보니 엄마는 힘없이 누워 있었고 그 옆에 강보에 쌓인 아기가 바싹 붙어 있었다. 너무 작아서 엄마에게 딸린 혹 같았다. 동생이 물었다.

"엄마, 야 누고?"

"니 동생아이가."

"뭐?!"

우리는 동시에 소리쳤다. 나는 가슴이 떨렸고 다리가 후들거렸다. 너무 작고 너무나 애처로운 존재. 나는 엄마의 치마를 들쳐보았다. 빵빵하던 배가 궁금했다. 엄마의 배는 바람 빠진 풍선처럼 꺼져 있었다. 엄마가 불쌍했다. 엄마의 헝클어진 머리를 쓰다듬어 드렸다.

동생을 낳은 지 일주일 되던 날이었다. 엄마는 새벽에 일어나더니 정갈하게 옷을 갈아 입으셨다. 그러고는 상에다 정화수를 떠 놓고 두 손을 모아 비셨다.

"비나이다. 삼신할매께 비나이다. 점지해 주신 아기 그저 묵고 자고, 묵고 자고, 외 굵듯이, 달 굵듯이 쑥~쑥 자라게 해 주이소."

'쑥~쑥'을 말할 때는 목에 힘을 주셨다. 옆에 서 있던 나도 엄마에게 힘을 보태야 할 것 같아 속으로 빌었다. 일주일에 한 번씩 일곱 번을 그렇게 치성을 드렸다. 그뿐이 아니었다. 애기가 아플 때도 병원보다 삼신할머니를 먼저 찾으셨다. 그때부터 동화책에도 나오지 않는, 그래서 볼 수도 없는 할머니였지만 내 머릿속에 깊이 자리 잡은 것 같았다.

세월이 흘러 나도 결혼을 했고 둘째를 가져 만삭이 다 됐을 때 일이다. 산부인과에서 적어 준 분만 예정일이 추석 전후 일주일이었다. 한 가문의 종부로 추석날만큼은 아기를 낳아서는 안 될 것 같았다. 나도 모르는 사이에 오랫동안 잊고 있던 삼신할매를 찾고 있었다. 우리 어머니가 그랬듯이.

추석 전날은 만삭이 된 배를 안고 제수 준비에 눈코 뜰 새가 없었다. 그런데 그날 밤부터 조짐이 심상치 않았다. 물에 젖은 솜처럼 지친 몸을 방바닥에 붙이고 누웠지만 뱃속은 요동치고 있었다. 처음에는 이 구석 저 구석 쑤시고 다니는가 싶더니 나중에는 아예 벽을 차듯이 배를 차대는 것이었다.

밤새 시달리긴 했지만 다행히 추석날 아침까지도 아무 일이 없었다. 배꼽 위로 불쑥 나왔던 배가 밤사이에 배꼽 아래로 처져 있는 것밖에는. 나는 차례상을 차리면서도 안절부절못했다. 조상님들 앞에서 애를 낳아서는 낭패였다. 다행히 그날도 무사히 지나갔다.

추석 다음날이었다. 긴장이 풀리자 몸은 천근만근. 진통이 주기적으로 계속되었다. 가족들은 모두 성묘하러 떠나고 나와 어린 딸애와 일하는 처녀아이뿐이었다. 진통이 계속될수록 온몸에서 땀이 흐르기 시작했다. 그만 병원에 가야 할 것 같았다. 시계를 보았다.

오후 2시!

하늘엔 구름 한 점 없고 구월의 태양만이 작열하고 있었다. 그때 갑자기 엄마의 말이 확성기 소리처럼 내 귀에 울렸다.

"사람은 사주팔자를 잘 타고나야 하는 기라!"

그해는 계축년 소띠 해였다. 오후 2시에 태어나는 아기는 논밭에서 땀을 흘리며 일해야 할 소 팔자를 타고날 것만 같았다. 태어날 시간을 연장해야겠다는 생각이 퍼뜩 들었다. 내 자식이 엄마인 나 때문에 고생해서는 안 될 일이었다. 원망에 찬 아이의 눈망울이 내 눈앞에 어른거렸다. 아찔했다.

"안 되지! 안 돼! 해가 빠질 때까지 참아야 해."

순간 나도 모르는 사이에 또 삼신할머니를 찾고 있었다.

"제발 다섯 시간만 참아 주이소! 아니, 세 시간만이라도!"

삼신할머니가 내 소원을 알아들었는지 말았는지 진통은 점점 강도를 더해 갔다. 30분에서 20분 간격으로 그리고 다시 10분으로 좁혀졌고 진통도 심해졌다. 아기는 금방이라도 빠질 것 같은데, 서편 하늘가에 걸린 해는 빠질 기미를 보이지 않았다. 언제까지 버틸 수 있을까?

땀은 장대비로 쏟아지고 아랫도리는 양수가 터진 듯 축축했다. 그래도 참기로 했다. 입을 앙다물고 내 모든 인내를 동원했다. 나는 열심히 눈썹으로 시계바늘을 돌리고 있었다.

5시 30분!

더는 참을 수 없었다. 택시를 잡아탔다. 병원까지 30분 걸리는 택시 안에서도 여전히 삼신할머니에게 빌고 있었다. 병원에 도착했다.

6시 정각!

9월의 해는 아직도 산등성이 위에 한 발이나 남아 있었다. 퇴근하는 수간호사와 마주쳤다.

"아니, 이래 가지고 이제 오면 어떻게요? 집에 손님 오기로 했는데…. 보호자도 없어요?"

늘 생글거리던 그녀의 얼굴이 그날은 쌩하고 찬바람이 일었다.

자식의 운명이 달린 일이라 어쩔 수 없었다고 말하고 싶었지만 아무 말도 할 수 없었다. 밑으로 자꾸 내려오는 애기 때문에 입도 달싹 못했다. 그저 살려 달라고 눈빛으로 애원했다.

"빨리 올라가세요!"

어떻게 수술대에 올라갔는지 지금도 기억나지 않는다. 다만 천장에 매달린 전등이 너무 눈부셨던 기억밖에. 차츰 몽롱해지는 의식 밖에서 이런 말들이 들려왔다.

"이 여자 정신이 있나 없나?"

"애를 길거리서 낳을 작정이었나?"

"젊은 여자가 간도 크지!"

의사가 여러 번 혀를 찼다. 하지만 나는 괘념치 않았다. 수술대에 오른 뒤 얼마 있지 않아 내 몽롱한 의식을 깨우던 힘찬 아기의 울음소리. 나는 시간부터 물었다.

6시 30분!

십이지로 따지면 유시酉時. 소가 일을 마치고 돌아올 시간이었다. 잘 하면 여물을 먹을 수도 있는 시간. 나는 삼신할머니께 감사를 올렸다. 적어도 내 아이는 태어난 시 때문에 땡볕 아래서 고생하는 일은 없을 것이었다.

그 후 어떤 모임에서 이 이야기를 했더니 사람들은 나를 보고 미련스럽다고 했다. 또 어떤 사람들은 젊은 사람이 무슨 미신이냐고도 했다. 그러나 나는 설명도 변명도 하지 않았다. 다만 속으로 이렇게 중얼거리고 있었다. 미련하든 미신이든 상관없어. 내 아이를 위해서라면 더한 것도 참을 수 있어. 나는 엄마니까.

종부 득남하다

'임산부 남아 잉태'

지금도 이 일곱 글자의 위력을 잊을 수가 없다. 연속으로 '쓰리 볼'을 던진 나는 남아란 글자만 보아도 경기가 날 정도로 흥분되었다. 한마디로 남아의 존재는 나에겐 오르지 못하는 하늘과도 같았다. 세 딸을 낳을 때까지 학수고대 종손만 기다리던 집안 어른들의 따가운 시선도 그랬지만, 어쩌다 약주라도 한잔 하고 오시는 날이면 무의식중에 내뱉으시던 시아버님의 넋두리였다.

"돈 주고 살 수 있는 거라카믄 나도 얼른 사서 자랑할 낀데…."

손자 자랑하던 친구분들 생각만 하면 속이 있는 대로 상하셨던지, 올망졸망 손녀들의 재롱을 보시면서 활짝 웃는 모습에서도 서운한 음영이 배어 있었다. 천금 만금을 주어도 살 수 없는 손자였기에, 종부인 나는 할 수만 있다면 도둑질이라도 해 오고 싶을 정도로 그 고추라는 것이 간절했었다.

'여아를 남장을 하면 남동생을 볼 수 있다던데.'

동네 어른들의 이런 말에 나는 비장한 결심을 하고 셋째를 이발소로 데리고 갔다.

"우리 애기 머리 빡빡 깎아 주이소."

동네 이발사가 어떤 토라도 달까 봐 최대한 무뚝뚝하게 내뱉었다. 밤톨같이 깎은 머리에 남장을 한 셋째, 무늬는 영락없는 사내아이였다. 볼 때마다 내 어깨는 날개를 달았다. 두 딸과 어울린 가짜 아들의 모습은 사랑스러웠다. 진짜 아들처럼 용맹스럽게도 보였다.

"한솥에 밥을 해도 죽 될 때도 있고 밥 될 때도 있는데, 딸만 나올 리가 있나? 자꾸 낳다 보면 아들도 나오겠지!"

시어른들의 노골적인 압력이 시작되었다. 변장한 셋째 덕분에 생겼던 내 날개가 무심한 세월에 꺾여 버렸다. 머리도 꺾였다. 대신 오기가 솟구쳤다. 넷째를 가졌다. 배는 서서히 불러왔건만 불안한 마음은 초장부터 먹구름처럼 몰려왔다.

어느 날 한방병원을 찾아 나섰다. 대기실에는 어디서 모였는지 배불뚝이 판이었다. 그들 옆의 보호자들 때문에 혼자 온 나는 기가 죽었다. 그냥 눈을 감아 버렸다. 천당과 지옥, 희망과 절망이 교차되는 숨막히는 시간이 흘렀다. 드디어 내 차례가 왔고, 진찰실로 들어간 나는 다짜고짜로 말했다.

"저는 예, 딸이 낳고 싶어서 왔는데예."

시선은 땅에 떨군 채 연습했던 대로 중얼거렸다. 남아 선호 사상이 팽배하던 시대에 이치에 맞지 않는 말이었다. 의사한테는 모자라는 여자로 비쳐도 좋았다. 아니, 그 이상이라도 상관없었다. 이번만은 셋째 때와 같은 비참한 결과는 미리 막아야 했다.

첫째딸, 둘째딸을 연년생으로 낳고 2년도 채 안 되어 또 셋째를 임신했을 때 일이다. 집에 자주 오는 빗자루 장수가 그날도 빗자루를 무겁게 메고 와서 팔아 달라고 사정했지만 머뭇거리고만 있었다. 아저씨 시선이 잠시 내 배에 머물렀다.

"새댁, 이번에는 아들 낳겠네."

"예! 어떻게 알아요?"

"틀림없어, 두고 보라고."

믿기지 않았다. 그러나 믿고 싶었다. 빗자루 세 자루를 사주었다. 그 후 천하를 얻은 듯 당당해졌다. 댓돌을 딛고 올라온 높고 긴 대청마루를 우아하게 걸으며 귀부인 행세를 하였다. 그러나 출산한 뒤는 귀부인다운 거동은 사라지고 초라하고 구질구질한 딸딸이 아줌마의 모습으로 돌아갔다. 의사 앞에서 딸이 셋이라서 이번에는 꼭 아들을 낳아야 한다고 내 본심을 솔직하게 말했다가는 빗자루 장수처럼 아들이 아닌데 아들이라고 말할까 봐 고심 끝에 생각해 낸 각본이었다.

의사는 말도 안 되는 멍청한 거짓말을 한 임산부의 속내를 꿰뚫고 있는 것 같았다. 굳게 다문 입에서 더욱 그것을 느꼈다. 어쩌면 의사의 권위에 도전한 새파랗게 젊은 여자를 괘씸하게 생각했을 것도 같았다. 하지만 그 모습은 나에게 올바른 진찰을 할 거라는 믿음도 주었다.

의사는 진맥했다. 명함을 꺼내더니 뒷면에 무언가 적어서 나에게 못마땅한 듯 내밀었다. 그러나 나는 그 명함에 무엇을 적었는지 바로 볼 수가 없었다. 마치 그것이 판사의 선고문이나 되는 것처럼. 한참을 뜸을 들인 다음에 서서히 뒷면을 보았다.

'姙産婦 男兒 孕胎'

일곱 글자를 읽는 순간 소리를 지를 뻔했다. 글자 하나하나 광채가 났다. 그 자리에 몸이 얼어붙은 듯 뻣뻣해졌으나 가슴은 화끈 달아올랐다. 심장이 쿵쾅거렸다. 거대한 증기기관차가 달리듯이. 입은 벌어진 채 다무는 법을 잊은 듯했고, 쏟아져 나오려는 웃음을 두 손으로 밀어 넣으며 허둥지둥 진찰실을 빠져 나왔다.

"하 하 하 하… 나도 아들을 가졌다."

두 번 세 번 하늘을 향해 마음껏 소리 질렀다.

보이는 건 온 천지에 '임산부 남아 잉태'란 글자뿐이었고, 들리는 건 축하! 축하! 축하! 말뿐이었다.

집까지 여섯 정거장이나 되는 길을 개선장군이 되어 당당히 걸어갔다. 팡파르를 울리는 근위대는 없었지만, 가는 내내 해님이 호위하며 따라왔고 음력 2월의 짓궂은 바람도 잠잠히 숨을 죽이는 것이었다.

그날부터 그 명함은 나의 수호신이 되었다. 오뉴월 땡볕에 제수 장만한다고 땀 뻘뻘 흘릴 때도 주머니의 명함만 만지면, 온 동네 바람이 놀러와 전 부치는 손을 어루만져 주었고, 뒤뜰 감나무 위의 새들도 화덕 앞에 앉은 새댁이 대견하다고 칭찬해 주는 것 같았다.

출산 때 넷째의 몸무게가 자그마치 4.75kg이었으니 일찍부터 유난히 배가 불렀다. 그래도 아들을 잉태한 귀한 배란 생각에 부른 배가 오히려 자랑스럽게 느껴졌다. 가끔씩 일곱 글자에 대한 의혹이 일어날 때가 없진 않았다. 하지만 그 의혹도 명함을 건네 줄 때의 의사의 진실성 깃든 눈빛, 과묵한 입매를 떠올리면 쉽게 떨쳐 버릴 수가 있었다.

해산날이 되었다. 세 딸 때의 산통을 모두 합친 것만큼이나 고통스러웠다. 그러나 나는 아들을 낳을 생각에 어떤 고통도 참을 수 있었다. 드디어 아이가 태어났다. 간호사가 나를 향해 소리쳤다.

"아들이에요!"

순간 온몸에 힘이 쫙 빠져 나갔다. 그러면서 눈물이 났다. 해냈다는 기쁨과 지나온 괴로운 순간들이 교차되었다. 그 후에 들은 이야기지만 남편은 얼마나 기뻤던지 그날 새벽에 자기 회사 앞에 가서 공중에 대고 소리를 질렀다고 했다.

"나도 아들 낳았다~아!"

친정아버지께서도 마침 그날 다친 다리를 이끌고 친정의 윗대 조상님 산소에 오르고 있었다고 했다. 외손자 분만이란 소식을 듣는 순간 언제 아팠느냐는 듯이 끄떡끄떡 잘도 올라가지는 게 정말 신기하더라고 그러셨다. 그동안 종부인 딸이 그 집안의 대를 이을 손을 낳지 못한 것이 친정아버지 가슴에 빚이 되어 있었던 것일까.

처음부터 스트라이크를 던진 며느리들은 나처럼 온 집안이 떠들썩한 축하는 받지 못했다. 그동안 아들 못 낳아 서러웠던 마음은 흔적 없이 사라졌고, 어렵사리 얻은 귀한 종손, 도둑질을 해서라도 가지고 싶었던 고추가 그 자리에 있었다.

아들을 낳은 지 35년이 지난 지금, 명함 속의 글자는 빛이 바랬지만 그때의 감동은 아직도 나를 설레게 한다.

어떤 슬픈 착각

심부름 하는 애를 앞세우고 시장에 다녀오는 길이었다. 아파트 단지 입구에 이르니 트램펄린이 설치되어 있는 것이 보였다. 그 옆에는 늙수그레한 아저씨가 서서 확성기에 대고 익살 섞인 목소리로 소리를 지르고 있었다.

어서들 와요
어서들 와!
날이면 날마다 오는 게 아니고
오는 날만 옵니다.

어서들 와요
어서들 와!

키 작은 아이는 키 키워 주고,

살찐 사람은 살 빼 주고,

야윈 사람은 살찌게 해 줍니다.

어서들 와요

어서들 와!

소화 안 되는 사람은 소화시켜 주고,

늙은 엄마 요실금 없애 주고,

젊은 엄마 자궁 튼튼하게 해 줍니다.

어서들 와요

어서들 와!

아이가 넷인 나는 자궁을 튼튼하게 해 준다는 마지막 말에 귀가 솔깃했다. 아니다. 그보다는 엄한 가문의 종부로서, 또 네 아이의 엄마로 살아오는 동안에 나를 얽어매고 있던 보이지 않는 중압감으로부터 하늘 높이 날아오르고 싶었는지도 모른다.

폴짝폴짝 뛰는 작은 아이, 풀쩍풀쩍 뛰는 큰 아이들을 보면서 나도 뛰고 싶었다. 그러나 어른은 아무도 올라가지 않았다. 딱 한 여자가 네댓 살 된 아이의 손을 잡고 올라가 뛰고 있을 뿐이었다.

나는 많이 아쉬웠다. 큰애 둘은 학교에 가고 작은애 둘은 학원에 갔기 때문이었다. 그러나 나의 뛰고 싶은 욕망은 멈추기를 거부했다. 할 수 없이 싫다고 빼는 심부름하는 애를 데리고 올라갔다.

처음에는 부끄럽기도 해서 치마를 감싸쥐고 조신하게 뛰었다. 그러나 시간이 지날수록 탄력이 붙었고 나는 중심을 잡기 위해서라도 양팔을 쫙 벌리고 뛰지 않을 수 없었다. 치맛자락은 바람에 휘날리었다. 새의 날개처럼. 탄력은 점점 강력해졌고 나는 그만큼 지상으로부터 높이 날아오르고 있었다. 밑에 둘러선 사람들이 작게 보이고 나무와 전신주의 키가 작아지고 세상이 모두 내 발 아래에 있는 것 같았다.

나는 신이 났다. 나비처럼 새처럼 날고 있었다. 비상이 주는 쾌감! 나는 뛰고 또 뛰었다. 내가 높이 올라갈수록 지구의 중력으로부터 일상의 중압으로부터 탈출하는 기분이었다. 그대로 우주 공간으로 아주 날아가 버린다 해도 멈출 기분이 아니었다. 나는 다리에 힘을 더 주었고 탄력을 받은 트램펄린은 부추기듯 푸른 하늘 높이 나를 쏘아 올렸다.

그때 우리 동 아파트에서 무슨 기척이 느껴졌다. 자세히 보니 남편이었다. 더 정확히 말하자면 남편이 나를 향해 손짓을 하는 것이었다. 반가웠다. 나도 손을 흔들었다. 우리의 두 시선은 공중에서 섬광처럼 부딪혔다. 내가 높이 날아오를수록 남편의 손짓은 더욱 요란해졌다. 남편과 나 사이에 쌓였던 불만도 모두 바람에 날아가 버리는 것 같았다. 나는 더 힘을 주어 뛰었다. 아니, 매트를 떠나 아예 남편에게로 날아가고 싶었다.

'아이 넷이나 낳은 여자가 저렇게 발랄할 수가!' 하면서 오랜만에 보는 나의 모습에 남편은 분명 감동하고 있음에 틀림없었다. 내가 들어가면 나를 안고 거실을 열 바퀴쯤 돌리라.

나는 트램펄린에서 내려와 남편이 기다리고 있을 집으로 향했다. 그를 너무 오래 기다리게 하고 싶지 않았다. 부풀어 오른 가슴으로 문을 힘껏 열었다.

"여보, 나야!"

그런데 이게 웬일인가. 희색이 만면해서 두 팔을 벌려 나를 맞아 줄 줄 알았던 남편은 간 곳이 없고 낯선 남자가 나를 향해 삿대질을 하면서 고함을 지르는 것이었다.

"뭐하는 짓이고? 여자가 대낮에 풀쩍풀쩍 뛰면서. 부끄럽지도 않나!"

"......?"

"동네 창피스럽어서 인자 우째 나가노! 오라카믄 빨리 오기나 할 것이지, 손은 와 흔드는데?"

붉으락푸르락 씩씩거리며 남편은 기관총을 난사하는 것이었다. 나는 현관 입구에 선 채 들어갈 수도 나갈 수도 없이 퍼부어대는

탄알을 방탄복도 없이 고스란히 온몸으로 받을 수밖에 없었다. 그
때 숭숭 뚫린 머릿속으로 스치고 지나가는 생각이 있었다.

'아, 이런 사람하고 사랑하느니 어쩌느니 하면서 아이를, 그것
도 넷이나 낳아 주다니…'

내 눈에는 어느새 눈물이 고이고 있었다. 그 손짓이 빨리 오라는
명령이었다니. 발랄한 젊은 아내의 행동에 박수를 보내는 줄 알고
그에게 달려온 내가 어리석게만 여겨졌다. 순간 "네, 네" 하면서
순종에만 익숙해 있던 내 입이 뜻밖에 한마디 뱉는 것이었다.

"그래 뛰는 것도 죈가예?"

단호한 그 한마디가 남편에겐 의외였던지 조금 누그러진 듯했지
만 한참동안 여전히 씩씩거리고 있었다. 나도 억울해서 남편보다
더 씩씩거렸다. 그러나 정작 자궁이 튼튼해진다고 해서 당신을 위
해 뛰었노라고는 말하지 않았다. 아니, 말할 수가 없었다. 다만 나
의 착각이 슬플 뿐이었다.

오늘 또 어데 갔더노

"우리 집사람입니다."

"우리 안사람입니다."

남편이 나를 소개할 때 쓰는 말이다. 아내란 표현을 겸손하게 나타내는 호칭으로 알고 있는 나에게 어느 날 남편은 크게 유식한 척 이렇게 말하는 것이었다.

"여자는 집에 있어야 하기 때문에 '집사람'이고, 안에 있어야 하기 때문에 '안사람'인 거야."

조선시대 가부장적 권위로 부인한테 채우던 족쇄를 21세기 신여성 중 신여성인 나한테 채워 보려는 의도임에 틀림없었다. 스물네 살 갓 시집왔을 때야 나도 옥양목처럼 순수한데다가 보드랍기는 명주 고름 같았다. 그러니 남편 앞에서는 언제나 호리낭창, 나긋나긋하였다. 곧 아이 넷 낳아 오순도순 깨가 쏟아졌다. 집사람도 좋았고, 안사람도 좋았다. 채워진 족쇄마저 사랑의 올가미라 여겨졌고, 남편이 내 생활을 단단히 조일수록 그것은 남편의 남다른 사랑이라고 생각되기까지 했다.

세월이 흘러 어느덧 나도 학부형이 되었다. '집사람'으로만 살았던 내가 공식적인 학부모 모임에 나가게 되었다. 때로는 그들과 수다를 떨며 새로운 세계에 발을 들여놓았다. 그때부터 걷잡을 수 없이 일어나는 갈등과 파문. 마침내 사단이 나기 시작했다. 우리 부부의 금실을 시샘하는 운명의 신이 그랬을까? 알지 말아야 할 걸 알아 버리고 만 것이다. 사랑의 올가미로 여겼던 족쇄가 갑자기 구속의 올가미라는 것을.

게다가 옆집 시부모님과 동네 어른들까지 나를 구속하는 감시 카메라로 여겨졌다. 그동안 '예스, 예스' 하며 상하로 끄덕이던 머리가 나도 모르는 사이에 '노, 노' 하며 좌우로 도리질을 하고 있었다. 까르르르 온 집안을 굴러다니던 웃음소리는 점점 사라져 갔고, 끝내는 한랭전선이 안방까지 쳐들어왔다. 집을 나가 버린 그 행복이란 것이 우리 집 울만 넘으면 있을 것 같았다.

더 이상 망설이지 않았다. 대문을 박찼다. 족쇄도 부수기로 했다. 그러나 빠져 나오려고 몸부림칠수록 조여드는 족쇄의 본성 때문에 내 온몸은 상처투성이가 되고 있었다.

그날도 애들 넷, 모조리 학교로 보내 버리고 막내아들 친구 태훈이 엄마랑 광복동에 가기로 했다. 그 엄마가 승용차를 몰았고 나는 옆자리에 앉았다. 80년대 초는 요즘같이 사람도 차도 많지 않았기에 마음만 먹으면 차 안의 사람도 볼 수 있었다. 쇼트커트에 체격이 큰 태훈이 엄마는 얼핏 보면 남자 같기도 했다.

출발 때부터 참았던 소변을 목적지 가까이 갔을 때 더 이상 참을 수가 없었다. 두리번거리는데 '로얄호텔'이란 간판이 눈에 들어왔다. 촌각을 다툴 만큼 급했지만 품위를 지키느라 유유히 호텔 안으로 들어가서 가까스로 볼일을 보았다.

나는 시집올 때부터 종부라는 고전틱한 명칭이 붙여졌다. 게다가 부지런히 농사지은 덕에 젊은 나이에 네 아이의 엄마가 되었다. 종부, 맏며느리, 애 넷 딸린 엄마 역할까지 본격적으로 하면서부터 눈만 뜨면 시장을 쫓아다녀야 했다. 장돌뱅이가 되어 가고 있을 그 즈음, 비로소 광복동으로 진출했던 것이다.

입구부터 화려한 쇼윈도가 시장을 주무대로 활동하던 아지매를 자극했다. 멋진 핸드백에 뾰족구두를 신은 여자들이 결혼해서 지금껏 눌리고 눌린 나의 욕망에 불을 질렀다. 그 불은 나를 지배하고 있던 남편도, 자식도, 시부모도 깡그리 태워 버릴 기세로 타올랐다. 마침내 자유의 여인이 되어 오랫동안 접혔던 네 활개를 활짝 펼쳤다. 그리하여 그 옛날 서울의 명동거리를 누비던 물 찬 제비처럼 나도 광복동을 누볐다.

저녁때가 되어 겨우 집에 오니 그때서야 생각이 나는 것이었다. 내가 고만고만한 애 네 명에 사감 선생 같은 남편을 보살펴야 하는 '집사람'이란 사실이. 남편 퇴근까지는 겨우 두 시간 남짓. 발등에 불이 떨어진 것이다. 숨 쉬는 횟수도 줄여 가며 거룩한 밥상을 마련했다. 결코 아무 데도 나가지 않았다는 어설픈 알리바이를 성립시키기 위해. 또 남편이 좋아하는 누드 화장으로 고쳤다. '바람과 함께 사라지다'의 '비비안 리'를 흉내 낸, 허리는 잘록, 가슴은 보일 듯 말 듯한 섹시한 홈웨어도 입었다.

그날은 밥상머리에 좀 더 다가가 앉았다. 그리고 목소리에 가능한 한 비음을 많이 섞는 것도 잊지 않았다. 그런 아내를 다른 날과 달리 먼 산 바위 보듯 하던 남편. 돌이라도 씹은 껄끄러운 표정을 보는 내 가슴은 떨리고 있었다. 뉘엿뉘엿 넘어가는 초여름 저녁해를 보며 오늘의 비밀 외출이 저 해와 함께 잘 넘어가 주기를 빌었다.

그러나 숟가락 놓기가 무섭게 나를 부르는 퉁퉁 부은 목소리.

"일로 와 봐라."

"왜요?"

우리 집 개모양 킁킁거리는 콧소리를 냈고, 한복 치마꼬리 올리듯 말꼬리를 싸잡아 올렸다. 얼버무려 보려는 의도였다. 안방 안에 또 안방, 밀실로 나를 불러들이는 남편 이마에 없었던 내 천川 자가 보였다. 그 밀실은 우리 부부가 밀담을 나눌 때도 쓰이지만, 불려 들어가 문초(?)를 당할 때도 이용되는 취조실이기도 했다.

"오늘 낮에 어데 갔더노?"

평소에 늘 하던 유도심문으로 생각했다. 말려들지 않았다.

"오늘 언제요?"

그러나 남편은 갈팡질팡하는 내 눈동자에 포커스를 맞추고 놓아주지 않았다. 위기를 느꼈다. 순간 머리를 스치는 예리한 번득임.

"아~ 오늘 애들 학교에 갔다 왔어요."

"학교는 말라꼬?"

완벽한 알리바이를 성립시켜야 했기에 양심 위에 얼른 철판을 깔았다.

"주연이 담임 선생님 좀 만나려고요."

"학교 갔다가는 어데 갔는데?"

"어디 가기는요! 집에 왔죠. 왜 그래요?"

거짓말이 탄로날까 봐 겁먹은 눈은 방바닥에 놔둔 채 목소리만 크게 냈다.

"학교 갔다가 아무 데도 안 갔다 말이가?"

"……."

"와 대답이 없노? 갔더나, 안 갔더나?"

수사관이 죄인 심문하듯 했다.

"당신이 수사관이에요? 왜 따져요?"

"딴소리 하지 말고 대답이나 해라."

이쯤 되면 대답을 해도 안 해도 결과는 똑같다. 아예 입에 자물쇠를 채워 버렸다. 성정이 느긋한 남편도 그날은 더 이상 기다리지도 참지도 않았다. 즉시 직격탄을 쏘아댔다.

"호텔에는 말라꼬 갔더노? 누구랑 갔더노?"

기가 막혔다. 호텔이라니! 되 값이 말 값이 돼 버렸다.

"태훈이 엄마랑 광복동 가다가 오줌 누러 갔는데, 화장실도 못 가요?"

"진짜 태훈이 엄마 맞나?"

"맞다 안 그랍니까!"

죗값을 엄청 부풀려서 말한 남편이 서운하게 생각되어 쇳소리를 냈다. 그리고 울먹이는 척도 했다. 내친김에 죗값을 좀 깎아 보려고.

나중에 안 일이지만 남편 회사 직원이 그날 로얄호텔에 볼일 보러 갔다가 차 안의 우리를 보았고, 운전석의 그 엄마를 남자로 보았던 것이다. 입이 싸게도 남편한테 고자질까지 하다니. 남의 말만 듣고 사랑하는 아내를 부정한 여자로 의심했다는 걸 알았을 때, 나는 몹시 우울했다. 내 남편의 의식이 저품격인 것 같아서였다.

울먹이는 아내가 안돼 보였던지, 아니면 태훈이 엄마의 외모를 알기 때문인지, 더 이상 따지지는 않았지만 다른 트집을 잡았다.

집안에 할 일이 태산 같은데 집사람이 어딜 돌아다니느냐고, 훈육 선생처럼 또 야단을 쳤다. 내 할 일 다 해놓고 나가는데 왜 참견이냐고 남편한테 대들었다. 이때는 나도 동네 시장만 다니던 순진한 아지매가 아니었다. 낮에 보았던 광복동의 세련되고 당당한 여자들처럼 남편과 수평으로 사는 여자가 되어 있었다.

"마당에 풀이 저렇게 많은데 머를 다 했다 말이고!"

나는 숨이 막혔다. 애들 네 명 수발, 그 많은 제사, 옆집에 사시는 호랑이 같은 시아버님, 동네 시어머니들, 게다가 앞집, 뒷집, 온 동네 개 눈치까지 살피고 나가야 하는 나한테 풀까지 뽑으란다. 풀을 뽑게 해서라도 나가지 못하게 하려는 남편의 놀부 심보. 신문고라도 울려 억울한 사연을 만천하에 알리고 싶은 심정이었다.

"당신이 팥쥐 엄마예요? 언제 저 풀을 다 뽑고 나가요!"

불의에 도전할 수 있는 현대판 콩쥐가 된 나는 서러움에 북받쳐 울었다. 그 이후에도 팥쥐 엄마 같은 남편은 콩쥐 같은 아내를 수시로 점검했다.

"오늘 또 어데 갔더노?"

"목욕 갔어요."

"무슨 목욕을 하루 종일 하노?"

"……"

"오늘 또 어데 갔더노?"

참말, 거짓말을 섞어서 주로 하는 대답은 애들 학교였고, 아니면 시장, 병원, 목욕탕 같은, 내가 가는 곳 중에 가장 명분 있는 곳들이었다. 무슨 학교는, 시장은, 목욕은 그래 자주 가고 오래 걸리느냐고 따졌지만, 그때마다 나의 비장의 무기인 애들을 등장시키곤 했다.

그런 세월이 참 많이도 흘렀다. 우리 부부 싸움 제1 주제였던 '오늘 또 어데 갔더노?' 소리를 안 들은 지도 벌써 대여섯 해는 된 것 같다. 삼십 년이 훌쩍 넘도록 들어오던 소리였다. 처음에는 아주 속 시원했지만 요즈음은 조금 섭섭하기도 하다. 심지어 그 지긋지긋했던 소리가 가끔씩 그리워지기도 한다.

서로에게 관심이 없어진 것은 아닌 것 같은데, 아무래도 두 사람 다 늙어 버린 것인가. 줄기차게 나돌아다니던 나도, 끈질기게 다그치던 남편도 이제 잠잠해졌으니 말이다.

길은 눈으로 찾나

지금처럼 길을 안내해 주는 내비게이션이 없었을 때 일이다. 남편과 함께 우리가 방문해야 할 집을 찾아 나섰다.

남편은 한 번도 간 적이 없고 나는 여러 번 갔었다. 하지만 갈 때 마다 편안하게 앉아서 따라만 다녔으니 정확히 말하면 나도 혼자 서는 처음 가는 길이나 다름없었다. 그런 나보고 길 안내를 하라 고 했다. 운전석에 앉으면서 아무 말도 하지는 않았지만 남편의 굳게 다문 입은 길치인 나에게 정신 똑바로 차려서 잘 하라는 강 한 메시지로 전해졌다.

걱정으로 주눅 든 내 마음은 아랑곳하지 않고 차는 벌써 달리고 있었다. 내 머릿속은 송파구, 잠실, 시장이란 단어가 분주히 지나 가는가 싶었는데, 어느새 목적지 부근까지 와 있었다.

"인자 어디로 가노?"

나를 쳐다보는 얼굴이 평소 너그러운 표정과는 사뭇 다르게 사무적이고 쌀쌀했다. 그런 남편이 너무나 얄밉고 야속했다.

"잘 모르겠어예."

입 안에서 우물거렸다.

"아니, 한두 번도 아이고 몇 번이나 왔던 길을 모른다 말이가! 도대체 눈은 감고 다니나 뜨고 다니나!"

운전석에 앉았던 남편이 갑자기 고등학교 때 훈육 선생님이 되어 있었다. 목까지 올라오는 분함을 억누르고 있는 나보고 또 물었다.

"여기서 어데고? 오른쪽이가, 왼쪽이가!"

오른쪽인 것 같기도 왼쪽인 것 같기도 하여 대답을 못했다. 그랬더니 본격적인 지청구를 해댔다.

"아이큐가 몇이고? 바보 아이가!"

그 말은 간신히 돌아가던 내 머리를 완전 작동 off 시켜 버렸다. 이쪽 아니면 저쪽, 확률은 50%지만 잘못 들어서면 엄청 헤매게 되고 약속시간은 촉박하니 이성으로는 미안함이 왜 없었겠냐마는 아이큐니 바보니 하는 남편의 모욕적인 언사에 오직 분하다는 감정만이 요동치고 있었다.

시집가기 전에 시부모님은 물론 남편 잘 섬겨야 한다는 친정엄마의 당부도 있고 해서 웬만하면 넘어가려고 했지만, 그날만은 도저히 참을 수가 없었다.

"길을 눈으로 찾아가는 줄 알아요? 마음으로 찾아가지. 알지도 못하면서! 나는 이 길을 갈 때마다 마음이 다른 데 가 있었다고요!"

벌겋게 상기된 얼굴에 가자미눈을 해가지고 따발총을 쏘았다. 그것으로도 부족한지 눈물까지 쏟아졌다. 이미 나는 이성을 잃어버린 것 같았다. 생각지도 않았던 나의 반격에 당황했는지 남편이 갑자기 부드러워졌다. 잘 생각해 보라며 달래기까지 했다.

'이럴 줄 알았으면 다른 데 가려는 마음을 꽉 붙들고 열심히 길을 익혔어야 했는데…'

종부의 근성인지 취향인지 시장만 보면 동공이 커지고 머리가 반짝반짝하는 여자였기에 그날도 시장 부근에 와서 이 골목 저 골목 기웃거리며 '저 갈치 참 싱싱하네, 무 넣고 졸이면 맛있겠다' 하며 입맛부터 다시고, 하얀 머리를 하고도 다부지게 앉아 있는 할머니한테서는 때 이른 냉이와 씀바귀도 사고, 마음은 이것저것 장을 보고 있었고 몸에 붙은 눈만 차에 실려 있었던 것이다. 마음 없이 눈만 가지고는 도저히 길을 익힐 수가 없었던 것 같다.

대학교 때 일이다. 버스를 타고 무심결에 창밖을 보다가 아! 저기 가는 여자 참 멋있다 하는 찰나 몸과 몸에 붙은 눈은 버스에 남겨 둔 채 마음만 쏙 빠져 나와 그녀와 어깨를 겨루고 있었다. 바이

올렛 색 맥시원피스와 검정 와니 벨트로 S라인을 강조하고…. 으스대며 걷다 보니 내려야 할 종로를 한참 지나 명동 아가씨들과 어울려 있질 않는가! 마음 없이 혼자 된 눈은 직무를 유기하고도 미안한 기색조차 없었고 오히려 마음이 안타까워할 뿐이었다.

그 이후 길을 나설 때마다 마음을 몸에 단단히 동여매어 보지만 얼마 못 가 행방은 묘연해지기 일쑤다. 낙엽이 쌓이면 '시몬'이 된 나는 낙엽 위에서 떠날 줄 몰랐고, 눈보라 치는 날은 '라라'가 되어 눈썹 위에 하얀 눈이 내린 '지바고'를 만나러 가기도 했다.

몸의 눈은 사물의 겉만 본다. 아니, 마음이 따르지 않으면 그것도 못 본다. 결국 무엇을 보고 안다는 것은 몸의 눈이 아니라 마음의 눈이 하는 역할이지 싶다. 시공을 초월하며 바람 따라 구름 따라 자유분방하게 쏘다니는 내 마음. 아무래도 길치를 면하기는 어려울 것 같다.

능소화를 보고

여섯 살짜리 외손녀가 놀러 왔다.

"외할아버지, 이 나무 참 쓸쓸하게 보이지요!"

안방 창문 앞의 분재실 위로 덩굴을 뻗은 능소화를 두고 하는 말이다.

한 폭의 수채화처럼 화려했던 꽃들, 푸른 청춘을 드날리던 잎들은 간 곳이 없고 회색의 덩굴만 남아 있다. 잎도 가지도 다 떨어진 덩굴은 말라서 껍데기가 누더기처럼 더덕더덕 붙어 있다. 그러나 초라한 겉모습과는 달리 언뜻 보이는 뽀얀 속살은 벌써부터 내일을 준비하고 있는 듯도 하다.

요즘 애들은 엄마 뱃속에서부터 독서를 해 와서 그런지 재잘대는 말은 꼭 연극 대사 같다. 나무를 바라보는 어린 눈길 또한 엄마가 애기를 대하듯 애틋함이 가득하다. 외손녀가 말한 쓸쓸한 꽃나무는 안방 창문을 열면 손이 닿을 듯 말 듯한 곳에 드리워져 있다. 창문을 닫아도 은은히 비친다. 낮에는 햇빛을 이고, 밤에는 달빛을 업은 그림자가 마치 창문에 그려진 묵화 같다.

늦은 봄부터 여름 내내 환하게 웃고 있는 능소화. 내 외손녀같이 구김살 하나 없다. 담을 타고 피어 있는 흐드러진 꽃무리들과 휘청한 덩굴의 곡선은 잘 다듬어진 아가씨의 S라인 같기도, 출렁이는 물결 같기도 하다. 금방이라도 상큼한 화음을 터뜨릴 듯 입을 모아 한 곳을 바라보고 있다. 마치 무대 위의 합창단처럼.

빛깔도 꽃송이의 위로 반 이상이 붉은 주홍빛이고 밑으로 갈수록 점점 노랑빛이라 속 깊은 여인네처럼 은은하다. 꽃잎의 안쪽에 세로로 그어진 붉은 줄이 혈맥처럼 선명하다. 그래서인지 임금님의 마음을 단박에 사로잡아 버린 '소화'라는 어여쁜 궁녀의 이름에서 따온 능소화는 행동거지가 조신한 양반집 규수같이 귀티가 난다.

여름이 지나 꽃이 흩어지고 나면 이리 꼬이고 저리 비틀린 가지가 마치 중년여인의 섹시한 자태를 흉내낸 듯하다. 중년이라면 인생을 좀 알 만한 나이이기에 고집스럽고 팍팍하던 성깔도 죽이고, 뻣뻣하고 도도하던 머리도 숙일 줄 아는 다소곳한 겸손도 있어 보인다. 그러나 궁녀이던 '소화'를 하룻밤 사이에 빈嬪으로 책봉한 뒤 다시는 찾아오지 않는 임금님을 기다리던 흔적인 듯, 터지고 찢어진 덩굴의 상처를 볼 때는 마음이 찡하게 아려온다.

깊어가는 가을밤, 능소화 덩굴은 흐르는 달빛을 안고 안방 창문에 와서 일렁거린다. 바람이 불어 몇 남은 잎이 한들거리는 모습은 세상이 살 만하다고 고마워서 나붓나붓 인사하는 것 같고, 가끔씩 세찬 비바람에 금방이라도 '뚝' 소리를 내며 떨어질 것 같은 잎, 잎과 함께 굵은 덩굴까지 이리저리 흔들릴 때는 사는 게 너무 힘들다고 하소연하는 몸짓 같기도 하다. 때로는 잠이 깨어 무심히 창문을 쳐다보면 마지막 남은 잎들끼리 무언가 속삭이는 것도 같다.

"우리들 삶도 얼마 남지 않았지? 세월이 참 무상하다는 생각이 드는구나."

"그래, 나도 그래. 하지만 사는 게 별거냐? 그저 이렇게 수수하게 살다 가는 게 가장 행복한 거야…."

어쩐지 나한테 하는 말 같다. 그래도 못다 한 말은 가지가 창문에다 글로 쓰기도 한다.

'당신은 이제는 좀 쉬어야 해요.'

우직하게 일만 하는 남편한테 보여 주는 글일까. 오늘따라 능소화가 쓸쓸하게 보인다.

바다는 그리움을 낳고

어릴 때 나는 포항에서 살았다.

어른이 된 지금도 바다가 있는 부산에 살고 있다. 철썩거리는 소리는 늘 나를 들뜨게 했고, 짙푸른 파도는 희망의 메시지인 듯 가슴 부풀게 했다. 가을의 풍경이 쓸쓸하던 11월 어느 날, 나그네가 되어 찾은 펜션은 동해바다가 훤히 보이는 강구였다. 바다만 보면 그윽한 연인의 눈빛을 보는 듯 가슴 설레임은 내 젊음을 바다와 함께 보냈기 때문일까?

펜션에서 하룻밤을 묵은 새벽, 깜깜한 정적 속에서 들려오는 파도소리는 현실의 굴레를 잠깐 벗어난 여인에게 파문을 일으키며 다가왔다. 무슨 말이 하고 싶었을까? 모래사장에 하얀 거품만 남겨 놓고는 미련 없이 물러갔다. 멀리 수평선 끝자락에 어둠을 뚫고 솟아오르는 붉은 덩어리. 까맣던 천지가 점점 발갛게 물들어 갔다.

그 붉은 덩어리는 일제히 바다 위로 내려오더니 잿빛 바다를 온통 불태웠다. 바다 위에서 빛은 춤을 추었다. 춤사위가 자진모리장단에 맞추듯 잔잔하면서도 빨랐다. 잿빛과 붉음의 만남은 아득한 옛날 단발머리 소녀시절로 나를 데려갔다. 영애, 상옥이, 나영이, 봉숙이, 순이, 찬용이, 태경이, 그애들은 어디서 무엇을 할까?

어느새 나의 발길은 포항을 향한다. 강구에서 멀지 않은 포항. 해변에 들어서자 그립던 바다내음이 가득했다. 어디선가 깔깔대는 가시나들의 웃음소리가 들려올 것만 같았으나 갈매기 울음소리만 들려올 뿐이었다. 바다는 그때 그대로였다. 한때 내 젊음의 표상이었던 바다. 초겨울 바닷바람에 주름진 나의 볼이 달아올랐다.

바람이 이는 수평선은 오선지가 되어 나풀거렸다. 음표 따라 위로 아래로 오르내리는 갈매기들, 똑딱선들. 아침 햇살이 파도에 부서지며 일으키는 하얀 물거품. 구름떼가 바다에 키스를 퍼부었다. '즉흥 환상곡'이 연주되는 듯, 내가 세상에서 처음 알았던 한 소년의 얼굴이 눈을 감은 나의 뇌리에 번득였다.

철없던 날의 소녀는 여름방학만 되면 바다에 갔었다. 해수욕객들로 몸살을 앓던 신작로가 쉴 새 없이 뽀얀 먼지를 뿜어냈다. 그 길을 걷던 소녀들 얼굴에서도 빨간 김이 모락모락 피어나고 있었으나 땡볕과 함께 끝도 없이 걸었었다.

'그래도 나는 즐거웠다. 바다를 만나러 가는 길이었기에…'

그날 내 일기장의 마지막엔 이렇게 적혀 있었다.

'보자기에 싸 간 풋사과로 물 위에서 던지기 놀이를 하였다. 그러다 배가 고파진 우리는 물 위에 뜬 사과를 베어 먹었다. 이편에서 한입, 저편에서 한입, 나중엔 꼭지만 달랑 남아 있었다. 친구들 입술이 서서히 바다색을 닮아 가더니 먹이를 찾는 비둘기모양 슬슬 모래 위로 올라왔다. 그 위에 앉아 우정의 맹세를 모래처럼 뜨겁게 했다. 영원히 변치 말자고.'

단발머리에, 아직 수영복도 제대로 채우지 못한 빈약한 소녀의 가슴. 그래서 더 헐렁하게 보이던 수영복에 딸딸이 신고 찍은 사진만큼이나 낡아 버린 그때의 일기장이었지만 그 안의 추억만은 풍성했다. 어릴 때부터 대학생이었을 때도, 어른이 되었을 때도 내 가슴속은 항상 비취색 바다가 출렁이고 있었다.

부산 해운대 바다의 부서지는 파도 앞에서 야릇한 카타르시스를 느꼈던 30대 여인 시절, 파도의 리듬에 맞추어 왈츠를 추곤 했었다. 뒤척이는 소리에 퍼뜩 정신이 들었다. 아직 자는 줄만 알았던 남편이 무뚝뚝하게 말을 건네 왔다.

"잠 안 자고 거 서서 머하노?"

'머하기는요! 옛 연인카 춤추고 있었지!'

그랬다. 난 돌아갈 수 없는 시절로 돌아가 나의 영원한 연인인 바다와 춤을 추고 있었다.

고개를 들어요, 그리고

"남편은 하늘 같은 서방님이데이."

내 단발머리가 갈래머리로 바뀔 때부터 우리 어머니가 하던 말이다. 결혼 날이 가까워 오면서부터는 아예 녹음기를 틀어 놓은 듯 했던 말을 또 하고 또 했다.

그 말은 아내는 남편을 한 나라의 국기처럼 우러러보아야 한다는 말같이 들렸다. 또 아내란 모름지기 아무리 속이 상하더라도 하늘인 남편을 거스르거나 노하게 해서는 안 된다는 엄마의 속마음을 말하는 것도 같았다. 그렇게 새겨들은 나는 되도록 남편 앞에서 다소곳이 머리를 숙여 최대한 공대하였다.

시집온 지 겨우 다섯 달 만에 시어머님은 지병으로 세상을 뜨셨다. 새 며느리에게 집채만한 종부 자리를 남겨 놓으신 채. 살림에 대해서는 천둥벌거숭이였던 나에게 그건 너무 버거운 임무였다.

남겨진 건 그것뿐이 아니었다. 앞산만한 종갓집과 뒤뜰만한 살림살이도 그중 하나였다.

시아버님 고종사촌 누님 되시는 분이 살림을 두량해 주셨지만 새색시였던 나는 살림살이 못지않게 시집식구 모두가 어려웠다. 할 수 없이 남편을 직속상관으로 모시기로 작정을 하였다.

"변소가 철철 넘칠라 카는데 어짜까예?"

"연탄이 다 돼 가는데 어짜까예?"

"오늘도 막내 숙모님이 오셔서 이것저것 가르쳐 주셨어예."

일일이 보고하고 명령을 받들었다.

스물여덟 살 남편은 제법 어른스럽게 내 말을 접수하고 처리해 주었다. 이렇게 우리는 평등한 부부관계라기보다는 주인과 하인, 상관과 부하의 관계 같았다. 남편은 늘 의젓하고 당당했으며 나는 언제나 쭈뼛쭈뼛했고 굽실거렸다. 하지만 그런 관계에 대해 하등 불만은 없었다. 오히려 편하기만 했다.

종손으로 태어나 어릴 때부터 조부모님 슬하에서 종손 교육을 받은 데다 맏아들의 절대적인 후원자인 어머니마저 일찍 여의어서인지 나보다 네 살 많은 남편은 일찍 철이 들어 보였다. 또 이해심도 많아 보였다. 학교 졸업하자마자 시집온 아내가, 불과 몇 달 전만 하더라도 미니스커트 입고 칠락팔락 학교 교정이며 명동거리나 종로바닥을 쏘다녔을 아내가 부엌에서 무엇을 할 수 있을까 걱정이 됐던지, 공연히 부엌 앞을 서성이곤 했다. 식구들 눈을 피해 나와 눈을 맞추고는 겨우 돌아갔다. 은근히 눈빛으로만 말했다.

"힘들지?"

겉은 그런대로 차분해 보이기도 했지만 속은 아직 덜렁덜렁한 선머슴아라고 생각해서인지 내가 해 놓은 일에는 늘 정상참작이 따르는가 싶었다. 어느 날 죽밥을 먹는 남편의 표정이 흐뭇한 것을 보고 그리 생각되었다. 밥에 돌멩이가 섞여 있어도 두 개까지는 낯빛 하나 변하지 않았고, 약간 찡그린다면 그건 세 번째 돌을 씹은 것이었다. 친정엄마 표현대로 '부처 같은 우리 손서방'이었다.

종갓집 며느리는 고사하고 사삿집 며느리 역할이나 제대로 했겠나마는, 그런 나를 다른 사람들로부터 지켜 주는 데 성심을 다했다. 어떤 때는 자기가 공을 세워 놓고도 그것을 나에게 돌리기도 했다. 그런 배려가 각이 진 내 마음을 원만하게 다듬어 종갓집 안방에 참하게 안착시켜 주었던 것 같다.

그렇다고 불만이 아주 없었던 것은 아니었다. 결혼해서 한동안은 낮에 외출하는 것도 남편의 허락을 받아야 했고, 남편 몰래 나갔다가 들키게 되면 그때는 진짜 주인이 하인을 꾸짖듯 매섭게 대하곤 했다. 속이 상해서 울기는 했지만 그렇다고 박박 대들지는 못했다. 그건 엄마의 '하늘 같은 남편'이란 말에 이미 세뇌되어서 그랬는지도 모른다.

세월이 흐르면서 남편이 진정한 하늘 같은 서방님으로, 손톱에 봉숭아 물 스며들듯 은은하게, 손수건에 수를 놓듯 한땀 한땀 내 가슴에 새겨졌다. 그는 나에게 지어진 짐을 자기 마음대로 덜어주지는 못했지만 내가 하는 일마다 잘한다고 격려를 해 주었다.

종부 노릇이 힘들어 울 때도 같이 울어 주지는 못했지만 밤새 달래주었다. 그래서 다른 사람들이 "주여!" "부처님이시여!" 하고 간절히 부를 때, 나는 "보이소, 보이소" 하고 간절히 그를 불렀다. 자나 깨나 남편만 애타게 찾았던 것이다. 주변사람들이 주책이라고 빈정대는 것 같았다. 또 한 살 아래인 친정동생은 이런 지청구까지 했다.

"언니, 니는 변소 가는 것도 형부한테 물어보나?"

그 하늘 같던 서방님이 어느 날 나에게 고개를 숙이고 다가왔다. 팔이 잘 안 올라간다는 것이었다. 억지로 올리려면 아프다고 했다. 환갑이 넘도록 남편 그늘을 떠날 줄 모르던 나한테 도움을 청해 오리라고는 생각도 못했던 일이다. 나는 흔쾌히 남편의 머리를 감겨 주고 닦아 주고 빗겨 주고 한다.

오늘 아침도 남편은 내 앞에 정중히 머리를 조아린다. 두 사람의 뒤바뀐 자세는 나의 심장박동수를 늘렸고, 내 행동은 이제 하인 자리를 벗어나 아주 건방을 떤다. 염색한 것이 반쯤 탈색되어 흑백이 분분한 남편의 머리카락을 내 열 손가락이 움켜잡는다. 신나게 주무른다. 숙인 머리를 더 숙이라고 뒤통수를 꾹꾹 누른다. 머리의 물기를 닦을 때는 더 들라고 명령까지 한다. 남편은 나의 색시 적 모습만큼이나 고분고분하다. 나도 모르게 '쯧쯧' 소리가 새어 나온다.

태산처럼 높아 보이던 남편이 결혼 몇십 년 만에 스스로 몸을 낮추어 내 앞에 온 것이다. '세월이 약'이라던데 '세월이 병'이 되다니. 그 세월이 참으로 유감스럽기도 하다. 장난기가 발동한 내가 들릴 듯 말 듯 유행가 가사 한 구절 나직이 읊조린다.

"고개를 들어요, 그리고 날 봐요!"

남편은 살며시 고개를 든다. 두 사람 눈빛이 담담하게 부딪친다. 마주 보며 웃는다. 그는 쓸쓸하게, 나는 화안하게.

우리는 더 이상 주인과 하인의 관계가 아닌 평등한 부부관계가 된 것 같다. 하지만 문득 남편이 자주 쓰던 '역지사지'란 말이 떠오른다. 하늘에서 추락한 그의 충격이 얼마나 클까 하는 생각에서 마음이 아프다. 세월이 많이 변했다고는 하지만 땅이 하늘과 맞장 뜰 수는 없는 일. 어서 빨리 팔이 나아서 스스로 머리를 감을 수 있었으면 좋겠다. 설사 내가 다시 하인 자리로 되돌아간다 해도 말이다.

어려운 일이 있으면 주인에게 묻고 그 지시에 따르면 만사형통이던 시절, 그때가 나에게는 춘삼월이었는데. 하지만 그런 날이 다시 오기를 기다리는 건 아니다. 다만 하늘은 다시 하늘의 자리로 하루빨리 돌아가기를 간절히 바랄 뿐이다.

무도회의 아침

사월의 첫 주말 아침. 마음놓고 푹 잘 수 있는 날이다. 그러나 짙게 드리워진 커튼 틈새로 비집고 들어온 불청객. 내 눈과 마주친 한 줄기 밝은 빛. 너무 눈부셨다. 나는 튕기듯이 일어나 커튼을 열어젖혔다. 창문 하나 가득 밀려드는 사월의 풍경. 어디선가 환호성이 들리는 것 같았다.

아파트 7층 우리 집에서 사선으로 100미터 정도 떨어진 곳에 탄천이 있다. 탄천 양쪽으로 꽤 넓은 인도와 자전거길이 나란히 있다. 자전거길 위로는 제방이다. 그 제방 뒷줄에는 소나무가, 조금 낮은 앞줄에는 벚꽃나무가 두 줄 횡대로 도열하여 장관을 이루었다. 만발한 벚꽃은 핑크빛 드레스를 입은 여자들이라면, 뒷줄의 녹색 제복을 입은 소나무는 여자의 파트너로 뽑혀 온 남자들 같았다.

아슴푸레하게 보이는 그곳 분위기는 조금씩 술렁거리는 듯했다. 곧 노천무도회가 열릴 것처럼. 허락하는 만큼 나는 목을 길게 빼고도 모자라 까치발까지 해서 내려다보았다. 그곳에는 정자동 일대의 젊은이들은 모두 모인 것 같았다. 하지만 나처럼 나이가 많은 이들은 한 명도 보이지 않았다. 초대받지 못한 아쉬움 같은 것이 물결처럼 일어났다.

관중으로 모인 새들과 바람과 햇볕과 탄천은 무도회 분위기를 한껏 고조시켰다. 새들은 소곤소곤. 바람에 여인들의 드레스가 살랑댔지만 녹색 제복은 별 요동이 없었다. 그들은 모두 경상도 출신이지 싶었다.

드디어 '봄의 소리 왈츠' 곡이 내 귓가에 은은히 들리는 듯, 하늘하늘한 벚꽃이 대체로 키가 작고 빳빳한 소나무를 감싸고 돌며 유연하게 몸을 움직였다. 탄천의 물도 흥겨운 듯 출렁이며 흘렀다. 여인들 드레스가 햇빛에 속살이 드러날 듯 투명했다. 사월의 아침 무도회장은 솟아오르는 해처럼 슬슬 달아올랐고, 창가에 서서 그곳을 바라보는 나의 마음은 젊었던 시절로 돌아가고 있었다.

그때도 사월이었다. 중순쯤이었을까? 진해 벚꽃축제에 갔었다. 그때 내 나이 아직 서른이 안 되었건만 나에게는 아이가 둘이나 있었다. 게다가 만삭의 몸이었다. 축제 장소는 초입부터 길 양쪽으로 만발한 벚꽃이 하늘을 뒤덮어 연분홍 휘장을 두른 듯이 햇볕도 가렸고 구름도 가렸다. 마치 아방궁처럼 안온했고 화려하였다.

그 안의 사람들도 모두 벚꽃처럼 환했다.

연년생인 세 살, 네 살 된 두 딸을 가운데로 모으고 나는 맨 안쪽에 남편은 맨 바깥쪽의 울타리가 되어 일렬로 손을 잡았다. 남녀노소 물밀듯이 밀려 왔지만 우리는 한몸처럼 손을 놓지 않았다. 흐드러진 벚꽃을 감상하던 사람들이 지나가며 한 번씩은 우리 가족 넷을 쳐다보았다. 그들은 딱 붙는 청바지에 남방을 입은 남편과, 좋아서 폴짝폴짝 뛰면서 걷는 두 딸과, 연한 연두색 치마저고리를 입은 배불뚝이 나를 차례로 훑는 것이었다. 솟아오른 내 배에 그들의 시선이 오래 머물렀다. 그러거나 말거나 나는 행복했었다. 세월 따라 바래져 버린 흑백사진도 그렇게 증명하고 있었다.

일찍 시집온 나는 집안일을 열심히 했다. 틈나는 대로 자식농사도 열심히 지었다. 다산이 곧 부의 상징이나 되는 듯이. 그렇게 농사를 짓다 보니 젊었을 때 내 배는 비어 있을 때가 거의 없었던 것 같다. 사진마다 흥부네 박을 얹어 놓은 듯이 불룩했던 내 배. 그래서 놀러 갈 때는 그 배를 감추기에 안성맞춤인 풍덩한 한복을 즐겨 입었던 것 같다.

때때로 바닷바람이 지나갔다. 그럴 때마다 벚꽃은 아래로 아래로 춤을 추며 내려왔다. 아방궁 안에는 꽃눈이 내렸다. 우리 아이들 머리 위에도, 남편의 빳빳한 어깨 위에도, 내 고운 버선발 위에도 내렸다. 우리 아이들은 그 고운 꽃잎이 하늘에서 내려주는 보물인 양 그걸 받으려고 조막 같은 두 손바닥을 펴서 가던 길을 멈추고 서 있었다.

　땅바닥에 흥건한 꽃잎을 안 다치게 하려고 요리조리 걷던 아이들의 앙증맞은 발들이 눈앞에 아른거린다. 그리고 봄 처녀처럼 부드러운 연둣빛 뉴똥 치마를 흩날리던 내가 떠오른다. 그날은 나도 지금 저 탄천변의 춤추는 여인들처럼 젊고 아름다웠는데. 세월은 어느새 흘러 나는 저 젊은이들의 축제에서 한발 비켜나 있다.

내 유년의 왕국

내가 초등학교 다닐 때 아버지는 제재소를 했다. 제재소 안에 살림집이 있었기 때문에 내 어린 시절 은 산판에서 실어 온 나무와 갓 켜 놓은 목재 속에서 보냈다.

지금도 기억이 생생한 것은 바람이 몹시 부는 추운 겨울이었던 것 같다. 동생들과 함께 아랫목에 발을 모으고 새벽잠에 혼곤히 빠져 있을 때 멀리서 자동차 엔진소리가 들리곤 했다. 그 소리가 차츰 가까이 오면 아버지는 고동색 골덴 토퍼를 입고 엄마가 짠 털실 목도리를 두르고 밖으로 나가시곤 했다. 인부들의 참을 준비 하기 위해 엄마도 뒤따라 나가셨다. 아버지가 나가자 곧이어 트럭 조수의 목소리가 들려왔다.

"오라이, 오라이, 오라이⋯ 스톱!"

스톱 소리와 동시에 엔진 소리가 멈추었다.

"수고들 많았네."

아버지 목소리를 신호로 아름드리 원목을 부리는 소리가 났다.

"쿵, 쿵, 쿵!"

나무가 트럭에서 떨어질 때마다 땅이 진동했다. 잠결에서도 집이 무너질까 봐 걱정스러웠다. 일 년 내내 며칠에 한 번씩, 새벽 세시에서 네 시 사이에 그 소리가 들리곤 했던 것 같다.

"어이, 조심하라구."

아버지의 두 번째 목소리가 들렸다. 나는 그제야 방문을 열고 바깥을 내다보았다. 운전수, 조수 두 아저씨가 통나무를 양쪽에서 잡고 구령을 붙여가며 차에서 땅으로 떨어뜨렸다. 멀찌감치 서서 조심하라는 말을 입에 달고 계시는 아버지가 추워 보였다. 공기 속으로 흩어지는 아버지의 하얀 입김을 보며 갑자기 내 머릿속이 싸해졌다.

방안에 앉아 있어도 바깥에서 인부들이 일하는 소리와 나무를 켜는 기계톱 소리가 생생하게 들려왔다. 제일 처음 들리는 것은 '윙' 하는 회전 톱날이 돌아가는 부드럽고 순한 소리였다. 그러다가 나무에 닿으면 '웽' 하고 날카로운 소리가 났다. 그 소리는 한동안 계속되었다. 때로는 '푸우~' 하는 문풍지 떠는 소리로, 때로는 '쇠에~' 하는 파리한 울음소리, 그러곤 '쏴아~' 하는 말간 하늘에서 쏟아지는 소나기 같은 소리도 났다. 그 소리는 여름에 들으면 피서를 온 듯 시원하게 느껴졌다.

때로는 '끼~익' 하는 날카로운 소리도 들렸다. 톱이 나무의 옹이를 만나면 나는 소리였다. 괴롭다는 소리로 들릴 때도 있었지만 아이들이 장난치는 소리로 들릴 때도 있었다.

나에게 나무를 켜는 소리는 모두 아름답고 경쾌한 음악소리였다. 두 갈래로 갈라진 통나무는 둘로, 넷으로, 다시 여덟 조각으로 갈라지기도 했다. 그러다 보니 길이, 넓이, 굵기가 다양했다.

미끈하고 늘씬하게 자른 나무는 종류별로 이름표를 달고 제재소 한쪽에 세워졌다. 따로 놀 거리가 없던 나는 친구들과 나무 사이를 드나들며 숨바꼭질을 하며 놀았다. 나무 뒤에 숨어 있으면 싱그럽고 풋풋한 냄새가 진동을 했다. 깊이 들이마시면 향긋하고 달콤한 냄새도 났다. 박하 향처럼 콧속이 화해지던 송진 냄새. 그러나 숨바꼭질이 싫증나면 톱밥을 가지고 놀았다. 집도 짓고 굴도 팠고 다리도 만들었다.

'영창제재소'라는 간판이 붙어 있던 큰 나무대문과 마당이 넓었던 그 집은 나의 왕국이었다. 그곳에서 나는 첫째 공주였다. 친구들은 나의 왕국에 서로 놀러 오려고 했다. 어떤 친구들은 연필이나 지우개 같은 뇌물을 주기도 했다. 나는 그들 앞에서 엄청 으스댔다. 내가 제재소집 딸인 것이 그때처럼 자랑스러웠던 때가 없었다.

그때의 그 공주는 이제 늙어 버렸다. 하지만 눈을 감고 있으면 지금도 톱날이 나무를 파고들 때 나던 상쾌한 마찰음이 들리고, 송진 냄새 풀풀 나던 목재더미가 떠오른다. 아마 내 유년의 왕국 '영창제재소'는 그 이름처럼 영원히 내 가슴에 남아 있을 것이다. 싱그러운 나무 냄새를 풍기며.

다양한 빛깔의 기억이 만들어 내는 진경

최 선 옥 _ 시인, 평론가

수필은 고양된 정신이 지어 낸 한 채의 집이다. 엄격한 장인정신으로 순도 높은 언어의 세공을 거친 성찰을 조심스럽게 꺼내 놓는 장르다. 그리하여 수필은 유연한 리듬과 특유의 어법 등 여러 방식을 통해 감동을 전달해 준다. 다양한 존재감에 닿은 그만의 감각적 촉수가 사물 및 사람 관계의 본질에 대한 의미를 전달하기 때문이다. 그러한 이유로 담백하면서도 깊고, 무겁지도 가볍지도 않은 희비의 공조 속에서 수필가들은 살아온 장소와 환경에 관계없이 문학에 대한 열정이라는 공통분모를 갖는 것인지도 모른다.

여기, 대상과 인간사의 속살을 파고들어가 삶의 부면들을 사색과 사유를 통해 건져 올리는 이들이 있다. 기억들 뒤편에 숨은 섬세한 감정의 오솔길을 걸어가면서 현재의 정황들을 접하고 저마다의 빛깔로 살아온 날들을 내비치는 그들. 우연이든 필연이든, 그들은 문학에 대한 열정을 지니고 있다는 공통점으로 만난 동인이며 도반. 고유의 빛깔로 지어 낸 그 무늬의 집에서 우리는 숙연해지기도 하고, 때로 웃음을 지으며 고개를 끄덕이기도 한다.

그리움의 옷깃에 여미어진 풍경들

강정주 수필가의 글들은 눈부신 그리움의 고백이다. 지난날의 상처나 환부의 기록이다. 그러나 그것은 고통과 고난이라기보다는 생의 환희로 가기 위한 과정의 아름다운 몸살이다. 풍경의 수런거림을 온전히 자신의 것으로 향유하면서 그는 수런거림의 원천인 그리움과 갈망과 허기를 존재의 전면적 진실로 감수하고 있다.

인간사의 세세한 면을 들여다보면 저마다의 굴곡이 있게 마련이다. 즐거움과 설움의 구석이 있고 존재의 허기와 그리움이 있다. 이때의 허기는 타자를 부르는 마음속의 갈증이며, 그리움 또한 그것과 연계되어 나온 감정이다.

강정주 수필가는 자신의 체험과 기억 속에 각인되어 있는 시간의 흔적들을 불러내고, 묻고, 탐색하는 동안 기억의 지층에 묻혀 있거나 어둠의 순간으로 상징되는 아스라한 그리움의 영역에 유폐되어 있을 법한 이야기들을 복원한다. 그 복원된 것들은 감각적 실체를 넘어선 어떤 근원적 권역을 어루만지는 힘이 되기도 한다.

화자의 그리움에는 갈피마다 '풍경'이 있다. 그 풍경들은 아득한 한 컷의 실루엣이 되어 다가오는데, 그 실루엣 속에 유년의 꽃밭이 있다. 「채옥이가 있는 풍경」 「풍경으로 남은 사람」 「네 자매의 꽃밭」 「알 수 없는 그리움」 「그 친구 찔레꽃이 되었을까」 등 다수의 작품에서 보이는 풍경은 애잔함과 아련함을 내비치고 있다.

'어렸을 때를 생각하면 항상 그 갈피에 끼어 있는 풍경이 하나 있'는 것처럼(「채옥이가 있는 풍경」), 풍경은 때로 한 장의 슬픔으로 다가오기도 한다. 풍경에 슬픔이 끼어드는 것은 '노을' 녘의 장면에 화자의 감정을 이입한 때문이기도 하다. '해질녘'은 사물이나 사람의 표정마저 깊게 하는 힘이 있어서, '뇌성마비'로 몸이 부자연스러웠던 '채옥'이가 있는 풍경은 '망연히 서쪽 하늘 한 곳을 바라보던' 아련함이 묻어나는 것이기도 하다. '누구도 상대해 주지 않던 채옥이의 외로움을 그때는 알 수 없었'으나 이제야 '인간의 외로움에 대한 상징처럼' 더욱 더 선명해진다는 것은, '살다 보면 우연히 일어난 일이 그 사람의 생애에 영향을 미치'듯 삶의 페이지마다 인연처럼 다가선 풍경과 사람이 있다는 뜻이다. 그곳에서 일렁이는 화자의 그리움이 문학의 기본이 된 것이라 짐작해 볼 수 있다.

'쓸쓸'하고 '한적'했던 '서래섬'의 자전거 도로변을 배경으로 한 「풍경으로 남은 사람」은 '유유히 흐르는 강물'처럼 과거로 가버린 풍경 속의 선명한 그리움을 끄집어내고 있다. 화자가 있는 풍경과 그 풍경 속으로 문득 들어온 한 사람이 마치 그림을 보듯 아름답다. 그곳은 '유채밭이 있고 버드나무와 코스모스가 산들대는 곳', '모든 잡념이 사라지' 고 '마음이 편안해지는' 풍경의 한 모퉁이다. '라운드 티셔츠' 의 '반듯한 외모' 를 가진 한 남자의 개입은 화자의 마음을 '분홍빛 파스텔 톤' 으로 물들게 한다. 고요한 화자의 영역으로 끼어든 불청객임에도 거슬림이 없는 '인상 좋은' 사람으로 다가온 것은 아름다운 풍경이 있기 때문이었고, '핑크빛 노을' 을 안고 함께 달린다는 동질감 때문이었을 것이다. 마치 '영화' 처럼. 그러나 그 풍경이 아름다운 기억으로 각인된 것은 약간의 망설임과 미련은 남았어도 '어떤 관계' 를 보태지 않았기 때문일 것이다.

강정주 수필가의 내면의 빛깔 혹은 글에 비친 색은 '분홍' 과 '보라' 다. '과꽃의 보랏빛 또는 진분홍의 선명한 색깔' 과 '라일락' 의 보랏빛은 기억의 배경으로 남아 지금도 화자를 설레게 한다. 그렇다면 화자는 왜 이 두 빛깔에 유독 마음이 끌리는 것일까.

분홍과 보라는 가슴을 설레게 하는 빛깔이다. 아련한 그리움이 묻어나는 색인 그것은 아마도 유년의 꽃밭에서 기인한 듯싶다. '보석처럼 빛나는 동화' 가 되는 그때의 순결한 정서작용 및 마음의 상태가 성인이 된 지금까지 지속되는 것이다. 그리하여 '봄만 되면 라일락 향기에 실려' 그때의 순수, '어린 시절의 꽃밭으로 시간여행'을 떠나는 것이다.

화자의 과거로의 여행에 등장하는 주변인들은 화자만큼 순수한 사람들이다. 어머니와 언니들, 신문을 배달하던 고학생, 어린 화자에게 하모니카를 선물하던 남자(「네 자매의 꽃밭」), 그리고 '유트릴로 화집'을 선물한 사람(「눈이 내린 생 피에르 광장」), 농촌 계몽에서 만난 청년(「별을 품은 사람」) 등 애틋한 정서를 보태는 이들은 비록 '옛날의 선명한 색깔과 향기를 잃어 가고' 있지만, 여전히 '추억의 여운'으로 돌아와 언제든 기억 속에서 불러낼 수 있다. 그중엔 유달리 아픔으로 다가오는 이도 있어, 아련한 흰빛의 아픔인 '찔레꽃'은 떠나간 '친구'를 그리움 속으로 불러들인다.

"어느 날 주흘산을 내려와 문경새재를 걷고 있을 때 한 음식점에서 구성진 노랫소리가 들렸다. '찔레꽃 향기는 너무 슬퍼요. 그래서 울었지 목 놓아 울었지.' 친구는 장사익이 부른 '찔레꽃'을 좋아했다. 친구는 산에 핀 찔레꽃이 되었을까. 꽃무리를 가만히 보고 있으면 그 하얀 순결함이 친구를 만난 듯했다"(「그 친구 찔레꽃이 되었을까」)는 글에서처럼 흰색은 순결의 상징이기도 하지만, 죽음의 암시이기도 해서 화자에겐 슬픔의 빛깔로 기억된다.

그동안 많은 사람들과 관계 맺으며 살아왔지만 내면의 깊은 갈망

을 채울 수는 없었다. 사람과의 관계는 항상 불완전했고 세월에
의해 변질되고 말았다. 그러나 아직도 나는 꿈꾼다. 그리움의 정
체조차 모르면서 말이다. 그것은 내가 이룰 수 없었던 막연한 동
경이었을까. 아니면 내면에서 들려오는 아름다움에 대한 꿈이
었을까.

　　　　　　　　　　　　　　　　　　　　　- 「알 수 없는 그리움」

　그렇다면, 강정주 수필가의 '그리움의 본향'은 무엇일까. 그리
움의 정체는 불확실하지만, 아마도 그것의 정체는 화자 내면의 깊
은 갈망일 것이다. 그 갈망의 근원 내지는 본질을 찾기 위해 몸소
'길'을 밟아가는 기행은 바로 그리움을 확인하러 가는 길이다.

　화자가 세상을 건너는 방법은 스스로 발품을 팔아 얻는 생의 깊
은 사색이어서 내재된 그리움은 그 과정 속에서 제 모습을 드러낸
다. 그리하여 그는 '지구마을' 곳곳을 '산책' 하듯 딛는 것이다. 그
길은 환한 대낮보다 '저녁' 이나 '밤'이 되어야 본색을 드러내는
데, 그것은 '어둠에서만 드러나는 색깔' 때문이다. 그것을 화자가
볼 수 있는 것은, 그것에 닿는 마음의 시각 때문이다.

　화자의 그리움을 달리 표현하면 '외로움' 이어서 '그냥 그곳에
홀로 우뚝' 서 있는 것이기도 하다. '수령 오백 년이 넘은 은행나
무' 처럼. 그 은행나무는 화자 자신, 그리고 화자의 곁에 '살구나무

처럼' '친구'며 '가족'이 '서로 다른 꿈'을 잇대고 있는 것이다. 화자의 그리움은 '존재론적 외로움'이어서 '하늘을 나는 도요새가 되기도 하고, 바다를 그리워하는 달팽이'가 되기도 하는데, 화자는 그것은 '영원을 향한 인간 영혼의 갈망'일 것이라 믿는다.(「알 수 없는 그리움」)

내 나이 여섯 살쯤 되었을까. 교회 주일학교 선생님은 설교 중에 좁은 문으로 들어가라고 하셨다. 그 길은 생명으로 인도하는 문이고 길이 매우 좁아 찾는 이가 적다고 덧붙였다.

그때부터 나는 우리 집 뒤 담벼락 사이로 난 좁은 길을 한 번씩 돌아서 집으로 들어가곤 했다. 신통하게도 '생명으로 인도하는 문'으로 들어가려 노력했던 어린 시절을 생각하면 웃음이 나온다. 그때의 기억이 떠오른 순간 나는 시간의 강물을 거슬러 올라 천진한 아이가 되어 좁은 골목을 걷고 있다. 태어나 엄마 등에 업혀 남쪽으로 피난을 내려왔으니, 어쩌면 난 출발부터 좁은 문을 통과하고 있었던 셈이다.

- 「내 어린 시절의 좁은 문」

세상을 딛고 가면서 통과해야 했던 문, 지금도 지나가야만 하는 문이 있다면 그것은 '좁은 문'이다. '햇살도 들어올 수 없는 음습

하고 비좁은 공간'인 그 좁은 문은 '어두컴컴한 곳', '버린 단추며 사금파리 등이 뒹굴'던 보잘 것 없고 기피하고 싶은 실제의 공간 인 동시에 누구나 한 번쯤은 통과해야 할 삶의 길이다. 보이는 것 에서 보이지 않는 것까지 내포한 이중성의 그 문은, 화자가 직접 겪어야만 하는 체험의 길이며 사색의 길이다.

그렇다면 그 좁은 문은 과거와 현재를 연결하는 하나의 통로, 어 릴 적의 '좁은 문을 통과해 밝고 넓은 길로 나올 수 있었'듯 '십자 가처럼 길의 무게를 지고 나가'는 길이다. 그 길을 딛고 세상으로 향하는 발걸음에서 여행은 중요한 역할을 한다.

화자가 시간을 거슬러 올라 닿은 과거와 현재를 아우르는 것은, 때로 은폐된 진실 혹은 진리를 찾아내기 위함일 것이다. 그런 점에 서 볼 때, 발로 직접 디뎌가면서 사유와 사색을 통해 진리를 건져내 는 여행은 화자의 삶에서 빼놓을 수 없는 중요한 의식이라 하겠다.

오래전부터 해 보고 싶었던 안나푸르나 트레킹을 다녀왔다. 다 녀온 지 몇 주 지나지 않았지만 그 시간들이 꿈만 같다. 10월의 첫날, 나는 가 보지 못한 길을 향해 아시아 대륙의 상공을 날고 있었다. 비행기를 타고 내려다본 지상의 길들은 옹기종기 모여 있는 마을에서 마을로 이어지고, 이 길을 통해 사람들의 고달픈 세상살이가 이어진다는 것을 생각하니 눈물겨웠다. 이제 나는 이런 길들을 끝도 없이 걸을 것이었다.

- 「누구도 대신할 수 없는 내 한 걸음으로」

'살아오며 망설일 때' '행동하는 쪽을 택하는 편'이라는 화자는 '트레킹' 첫날부터 '발에 쥐가 나도록' 걷는다. 그것은 몸소 체험하는 과정에서 사리를 판단하고 결정하겠다는 화자의 결단력과 모험심이 있기에 가능한 것, 화자의 사유는 그래서 머릿속이 아닌 '발'에서 나오는 것, 가쁘거나 완만한 호흡을 고르는 과정에서 발생된 것이다. 그 과정의 반복 속에서 화자는 자신의 일상을 조율하고 있는 것이다. 그 열정의 틈바구니에서 '계단의 틈새로 피어난 작은 꽃들'을 보는 낭만과 '땀을 닦고 호흡을 가다듬'는 여유를 만끽한다. 그리하여 '고통과 기쁨은 동전의 양면' 같아서 '아픔을 겪어 보지 않고'는 '진정한 행복'을 알 수 없다는 것을 깨닫는다. '즐거운 고통'이 '낙원'이 되는 것은 이러한 화자의 마음가짐, '슬픔을 배경'으로 한 '기쁨'인 것, 고통에서만 찾아오는 보상인 셈이다. 그러나 그 과정은 '오르막'이 있거나 '내리막'이 있고, '노래'를 흥얼거리거나 '가이드'가 필요할 때도 있다. 그래서 화자는 다음과 같이 읊는 것이리라.

"그래, 도움을 받을 수는 있다. 그러나 아무리 힘들어도 내 한 걸음 누가 대신 걸어 주지 못한다. 한 걸음 한 걸음이 나를 여기까지 이끌었고, 하루가 모여 이틀이 되고 이틀이 모여 열흘이 된다.

그렇게 내 삶의 모습을 이루어 가는 것이다. 포기하지 않는 성실함만이 스스로를 긍정하게 한다. 그러나 살아가며 어려움에 처할 때 손잡아 주고, 길 잃고 방황할 때 이끌어 준 손길들은 얼마나 많았는지."(「누구도 대신할 수 없는 내 한걸음으로」)

그 가이드는 가족이 될 수 있고, 친구가 될 수 있고, 이웃이 될 수 있다. 또한 사람이 아닌 대상이 될 수도 있다. 화자가 걷는 길에는 노래처럼 '글과 그림과 음악'이 동행한다. '지상의 길'에 '지도와 나침반'이 필요하듯 그에겐 음악이 필요했고, 그림이 동반되었고, 문학은 필수가 된 것이다. 글과 그림과 음악이 필요한 마음가짐, 혹은 동반된 것들과 함께 길을 걷는 즐거움은 동인의 즐거움으로 이어지고 급기야 삼인 수필집으로 마무리된 것일까. 그에 대한 소회를 다음의 글로 마무리지어도 좋을 듯하다.

내가 다시 태어난다면 분위기 좋은 교향악단의 한 단원이 되고 싶다. 단원이라면 독주자가 갖는 부담도 덜할 것이 아니겠는가. 현악기의 울림을 사랑하므로 바이올린이나 첼로를 연주하면 더 좋을 것이다. 환한 조명 아래 박수갈채를 받으며 진지한 자세로 브람스나 모차르트를 연주할 수 있다면…, 아름다운 선율의 항해를 계속해 나갈 수 있다면 얼마나 행복할까.

－「음악은 요술피리처럼」

존재의 원상을 되비추는 성찰

　김동식 수필가의 시각은 과거 속에 함몰되어 있는 것이 아니라, 과거에 닿은 정서에 현재의 객관적 시선을 덧대고 있다는 것을 알 수 있다. 이런 경우 과거는 청산하지 못한 미련이 아니라 동일성 확보의 요인이 되어 자신을 이어가는 힘 또는 현재의 본인을 성찰하는 동력이 된다. 그 힘의 요인에는 '행복'도 포함되어 있는데 「나의 작은 행복」에서 그 행복의 목록을 찾아볼 수 있다.

　　이른 아침, 탄천으로 나선다. 행복한 하루를 여는 의식. MP3에선 베토벤의 '전원'이 흘러나온다. 가는 길엔 묵주기도를 드린다. 무늬만 신자여서 기도가 익숙지 않은 나에게 알맞은 기도 시간이다. 나도 이젠 하느님의 관심을 끌 시점에 이르지 않았는가. 한 시간 걷기의 반환점은 징검다리가 있는 곳이다. 그곳엔 차량 소음이 없어 한적하다. 잠시 징검다리 가운데 선다. 눈을 감는다. 적막으로 물 흐르는 소리만 들린다. 평화롭다. 눈을 감고 있으면 속세가 저만치 물러나 있다.

　　　　　　　　　　　　　　　　　　　　　　　　－「나의 작은 행복」

　탄천 걷기, 등산, 바둑, 책읽기 등 화자의 행복은 늘 그의 주변에서 손쉽게 찾을 수 있는 것들이다. 일상의 소소함과 사소함에서 찾아가는 행복은 생에 대한 섬세한 관찰과 인식에서 기인된 것이어서 친숙함은 물론 진한 인간미를 느끼게 한다.

'한 시간 걷기의 반환점은 징검다리가 있는 곳'이다. '징검다리'는 입구와 출구가 같은 곳, 어느 쪽에서도 건널 수 있는 곳이어서 반환점이지만 시작점이 될 수도 있다. 그렇다면, 화자가 징검다리를 반환점으로 정한 이유는 무엇일까.

더 걸어갈 수도 있으련만, 그곳에서 다시 돌아옴은 가쁜 호흡을 고르기 위함이었을 것이다. 그것은 포기가 아니라 달려간 길을 천천히 성찰하며 반성하고자 함일 것, 강물처럼 마냥 흘러가지 않으면서 적절히 보법을 조절하는 지혜일 것이다. 화자가 돌아나오는 그곳은 '적막'하지만 '평화'가 드리워져 있는 곳이어서, 지금 화자의 현재 위치와 같은 느낌으로 다가왔을 것이라 짐작된다. 늘 달려만 갔던 길에서 멈춰 서거나 느린 보폭으로 자신을 조절하면서 미처 발견하지 못했던 일상의 기쁨을 누리는 것이다. 그래서일까, '속세가 저만치 물러나' 있다고, 돌아오는 길은 '언제나 느긋하다'고 그는 노래한다.

가는 길이야 늘 목적을 갖기 마련이다. 목표지점에 도착하기 위해서는 각오 또한 단단해서 보폭마저 빨라질 수밖에 없다. 그러나 돌아오는 길은 미처 보지 못한 풍경이나 놓친 정서를 되찾을 수 있다. '등산'도 마찬가지다. '정상에 서면 언제나 성취'감을 느끼지만, '내려올 땐 여유롭다.' '먼 뻐꾸기 소리'로 '산의 깊이를 아는' 혜안은 이런 여유에서 나오는 것이다. '눈과 귀로 흘러와' '가슴으로' 스며드는 정취는 '평화'롭다. '발길과 눈길도 미치지 않는 외딴 곳을 더듬'어 나지막이 웃고 있는 '들꽃'을 볼 수 있는 길이 내려오는 길이다.

'전략'과 '음모'가 도사린, '전운이 자욱'한 생의 '전쟁터' 같은 '바둑판'처럼, 화자는 생의 바둑판을 비장함으로 무장한 채 달려갔다. 그러나 이제 생의 반환점인 '징검다리'를 돌아오듯 느긋함으로 바라보니, '이겨도 즐겁지만 져도 즐겁다'고 한다. 화급을 다툴 일도 없고, 전략으로 무장할 필요도 없는 여유와 깊은 사유와 사색이 화자를 변모시킨 것이다. 느림과 여유의 미학을 아는 이만이 누리는 행복일 것이다. 그 미학을 느끼는 데 필수인 것이 '책'이다.

'어떤 날은 하루 종일' 책을 읽는다는 화자. 화자가 책을 읽는 것은 행복의 요소이기도 하지만, 그 행복은 또 다른 목표를 가지고 있다. 그것은 '좋은 글을 쓰는 일'이어서, '인생엔 정답이나 정형이 없다지만' '목표' 있는 삶을 살고자 하는 욕구를 내비친다. '목표 있는 삶 = 비극 없는 삶 +치욕 없는 삶 = 보람 있는 삶'이라는 그의 방정식은 '그럴싸해 보이'는 것이 아니라 당연한 진리로 다가온다. 그것이 가능한 것은 매사에 '감사'를 느끼는 것이니 그 무엇보다 '살아 있음'을 주는 행복이 아닌가.

틈날 때 가끔 들르는 카페가 있다. 집에서 일부러 갈 때도 있고 외출했다가 오는 길에 들르기도 한다. 어느 때 들러도 한적해서 좋다. 그곳엔 다른 데는 없는 호사 시설이 하나 있다. 창가를 따라 나란히 걸어놓은 그네 의자가 그것이다. 따뜻한 커피 한 잔을 놓고 그네에 앉아 흔들거리며 오가는 사람들을 본다. 즐겁다.

- 「사람 구경하는 즐거움」

우리는 삶과 시간과 세계를 자신만의 빛깔과 문양으로 가득 채울 수 있을까. 산다는 것은 그 자체로 소중한 것이지만 삶이 품고 있는 원초적인 운명 내지는 고독을 터부시할 수는 없다. 그러나 그것을 과장하지 않으면서 부드러우면서도 단단한 사유의 과정을 거쳐 가장 고조되고, 가장 순화된 순간으로 만들어 내는 것이다.

김동식 수필가의 글은 현장 체험의 구체성에서 오는 진정성이 있다는 점에서 자신만의 빛깔과 문양으로 직조되고 있다고 할 수 있다. 세상의 모든 것들에게 인연의 손을 내밀어 교감하고, 그것을 사람과 사람 사이의 관계나 정서, 그리고 '삶의 거리'까지 재고 있다. 그때의 자세는 스스로 주연이 되기보다는 '관객'이나 '국외자' 등 관찰자의 입장이 된다는 점이다.

'세상엔 구경할 것들이 넘쳐흐른다'는 화자의 시각은 전체와 부분 사이의 유기적 관계를 중시한다. 일상에서 생의 의미를 길어

올리는 믿음과 낭만성의 공존이라 하겠다. 모든 것은 흘러간 후 돌아오지 않는다. 그러나 흘러간 것은 사라진 것이 아니라 보이지 않을 뿐이다. 화자는 그 보이지 않는 것을 찾아내기 위해 자신의 기억에 잠재해 있는 시간을 거스르는 것, 그리하여 그 속에서 무의미한 풍경들을 소환해 의미로 전환하는 것이다. 무의미한 것을 의미로 전환하는 과정에서 화자는 사물이나 대상의 특성을 과장하거나 축소하지 않으면서 본연의 속성에 맞는 아름다움을 부여한다. 그 아름다움은 때로 슬픔과 연계되어 있는데, 내재한 슬픔은 얄팍한 행복과 비교할 수 없는 아름다움을 동반한다.

> 600년 동안 한양을 지키던 서울성곽과 오늘의 도시를 지키는 성곽이 형상은 다르다 하더라도 지키는 방법은 예와 지금이 다르지 않음을 우리는 안다. 말을 달리며 앞장 서야 할 왕이 오그라든 등짝을 백성에게 보이면 성은 아무 의미가 없음을 역사는 말하고 있다. 나라와 백성을 지켜야 할 이들이 백성을 가볍게 보고 파당이나 지어 서로 헐뜯고 싸우는 데 세월을 보내면 성벽은 무용지물이라는 것을 역사는 증언하고 있다.
>
> — 「서울성곽을 돌며」

그리움은 사라지는 대상에 대한 영역이 가장 크다. 그리움의 영역을 세분하면 가까운 이들과의 이별이 있고, 지나가 버린 청춘에 대한 그리움이 있으며, 잃어버린 역사나 애국에 관한 그리움이 있다. 화자는 세 영역을 모두 아우르면서 각 영역마다 적정량을 고루 분배하고 있다. 「잊을 수 없는 친구 영준」과 같은 가까운 이의 죽음은 물론, 청춘에 대한 그리움인 「어렴풋한 상처 이야기」 그리고 사라져 버린 문화유산이나 역사인식에 대한 그리움인 「서울성곽을 돌며」 등은 그 대표적 예라 하겠다. 그리움이 그리움의 영역에만 머무는 것이 아니어서 개인적인 체험을 보편성의 차원으로 확대, 정신을 한껏 고양시키고 있다는 점에서 주목된다.

'역사의 흔적을 돌아' 보는 시각은 예리하면서도 비장해서 올곧음이 느껴진다. '유유자적하는 순례자로서 역사가 남긴 이야기와 자취를 찾아 즐길 것'이라고 표현하지만, 과거의 역사 속에서 작금의 상황까지 되짚는 꼼꼼함과 성실한 자세를 지녔다. '오늘의 지도자, 위정자들'이 '마음 깊이 새겨두고 나라를' 이끌 것까지 주문하고 있다는 점에서 그의 발걸음은 '가볍지가 않다.'

김동식 수필가의 글은 흥미롭다. 흥미롭다는 것은 적당히 힘을 빼고 있다는 말과도 통한다. CEO의 점잖음과 현장의 긴박감이 느껴지다가도(「사직서 쓰긴 너무 억울해」), 언제 그랬냐는 듯 일상의 범부 혹은 가장으로 돌아간다. 「효도의 길」 「질주본능」 「약속은 지키셔야죠」 「화백시대」 등 소소한 일상의 에피소드를 다룬 글에서는 반전의 매력을 전해 주기까지 한다. 그래서 친숙함으로 다가오는 요인이 되기도 한다.

이는 완고한 형식주의자의 모습을 보여 주다가도 진솔함을 동반한 서정으로 이동하는 태도일 것이다. 여기서의 완고함은 전문경영인으로서의 철저함 내지는 완벽함이어서 화자의 개성을 강하게 드러낼 수 있는 힘으로 작용한다. 다른 이에게 애꿎은 '사표'를 내도록 할 수 없다며 자신이 '책임'을 지겠다는 책임의식이 바로 그 완고함일 수 있다. 그러면서도 마음 한켠에 '억울해, 너무 억울해. 이런 일로 사표를 내는 건 말도 안돼' 하고 되뇌는 구절에서는 지극히 인간적인 면모를 보여 준다. 고지식함과 융통성이 적당히 섞인 '시말서'의 효과는 그래서 넉넉한 품성을 지녔다는 미덕 하나 얹어 놓는다.

'아내는 자고 남편은 아침 마련을 한다.' '세월 따라 아내의 주문은 그만큼 늘고 내 어깨의 힘은 그만큼 준다.' '아내의 주문은 갈수록 태산이다.' '아내의 점령지는 야금야금 늘어난다. 내 저항의 영토는 갈수록 보잘 것 없어진다. 아내의 어깨, 허리, 무릎은 점점 더 아파오고 내 노동의 양은 점점 더 늘어난다. 부부전의 승패는 분명해지고 있다'(「화백시대」)는 등의 엄살 섞인 넋두리, 혹은 위트 또한 융통성 있는 삶의 태도일 것이다. 넉넉한 시각으로 바라보는 삶의 태도에서 여유와 낭만이 느껴진다. 그 여유가 '문학'

으로 연계되었을 거라는 짐작이다.

> 평소에는 호호 불어가며 닦아 주고 쓸어 주고 하시던 분이 그날
> 은 유별나시더라구요. 책을 읽다가 눈가를 긁적이시더니 갑자기
> 손거울을 들이대시는 거예요. 아마 눈가에 뭐가 있나 싶어서 자
> 세히 보려고 그러셨던 것 같아요. 그러더니 계속해서 그 손거울
> 을 미간, 눈 주위, 코 옆으로 해서 입 주위, 목덜미까지를 샅샅이
> 검사하시는 거예요. 나중엔 손등의 주름살까지 세밀히 들여다보
> 시더라구요. 다시 한 번 같은 코스를 살펴보시더니 느닷없이 콧
> 등에 얹혀 있던 나를 벗어서 책상 위에 패대기를 치시는 거예요.
>
> ─「보이는 만큼 보고」

위의 글에서 보듯, 대상에 대한 정밀한 탐구 내지는 세심한 관찰
을 바탕으로 화자가 얼마만큼 문학에 열정을 바치고 있는가를 짐
작할 수 있다. 화자 자신의 개인사를 벗어나고자 하는 실험 혹은
시도는 '안경의 진술'로 글을 풀어나가고 있다. 안경 본래의 역할
을 역설적으로 접근하는 기술은 상상력을 보태 한 단계 높아진 수
필의 맛을 전해 주는데, 이는 상상에 사유를 보탠 결과물이라 할
수 있다.
  '악쓰는 TV연속극' '정치가들 떠드는 얘기' '정치토론' 등은

굳이 시시콜콜 듣지도 말고 또렷이 보지도 말자는 위트 속의 풍자가 맛을 더하는 글에서 세상에 인연의 손을 내밀어 교감하면서도 자신의 순결한 영혼을 잃지 않고자 하는 작가정신을 엿볼 수 있다. 쥐고 있는 것이 너무 많아 무거울 때면 바람을 불러들여 손을 터는 여유로운 삶, 긍정의 정신이 아니겠는가.

공감의 대지에 뿌리내린 감각적 어휘

이동순 수필가의 글은 언어의 매력이 있다. 감각적이면서도 비유로 거듭난 맛깔난 어휘가 다채롭다. 이는 심각한 의미를 거느리지 않은 언어이기 때문, 근엄하고 유식한 언어의 사용층위가 아니라 자연의 이법이나 세상사를 거스르지 않고 호흡하는 어휘의 매력 때문이다. 또한 사소한 일상을 자연스럽게 만들어 내는 언어가 표면적인 의미의 심각성을 버리고 있다는 뜻이다. 살뜰한 언어감각은 소녀시절을 거쳐 종부가 되고 아내와 어머니가 되는 과정 속의 글들에 재미와 감동을 보탠다.

멀리서 시커멓게 달려오는 기차를 보던 엄마가 갑자기 굳게 잡고 있던 아들의 손을 놓아 버리고는 치마를 확 걷어올렸다. 마치 속옷 패션쇼를 하듯이. 오빠는 당황하였고, 우리는 멍하니 쳐다만 보고 있었다. 치마 밑의 속고쟁이가 부끄러운 듯이 나타났다.

꾀죄죄하기만 하던지, 얼룩얼룩한 무늬나 없던지, 주머니 줄이
라도 맞춰 달던지! 게다가 주머니의 윗부분은 지퍼 대신 손가락
만한 핀으로 꾹 잠겨 있었다.

(중략) 한푼 두푼 모아 둔 엄마의 명품지갑은 우리가 서울로 떠
날 때는 아낌없이 열려졌다. 그러나 정작 당신을 위해서는 아무
리 배가 고파도 허리띠를 졸라맬망정 그 지갑은 열지 않으셨다.
아낌없이 내놓는 돈에는 옵션도 따라다녔다. '공부 열심히 하
고' '집에 일찍 들어가고' '너거끼리 싸우지 말고' '편지 자주
쓰라' 는 것이었다.

– 「엄마의 명품지갑」

서울로 유학 간 '큰오빠' 가 온다고 했다. 화자와 자매들은 '달
력에 엄마가 쳐놓은 빨간 동그라미가 있는 날을 학수고대' 한다.
엄마는 아들을 기다리는 '그리움' 이 있었고, 딸들은 '엄마의 마음
을 꾹꾹 눌러 차린 푸짐한 밥상에서 떨어지는 고물' 에 마음이 있
었다. 오빠와의 즐거운 해후도 지나고 어느덧 배웅을 해야 하는
시간, 어머니의 주머니는 어김없이 열렸다. 거침없이 속고쟁이에
서 '비상금' 을 꺼내 놓던 어머니. 사춘기의 형제자매들은 그 순간
이 부끄러웠지만, 되돌아보니 그 속옷의 주머니는 어디에도 비길
데 없는 단 하나만의 '명품지갑' 이었다.

내로라하는 메이커도 아니고 그저 속옷에 딸린 주머니였지만, 그것이 명품으로 거듭날 수 있었던 것은 그 진가와 사랑의 가치를 알아보는 혜안이 있기 때문이다. 아낌없이 열어 주는 사랑으로 자란 화자가 넉넉한 사랑을 다시 가족과 이웃에게 나눠 주는 일은 어쩌면 당연한 결과가 아니겠는가. 비록 어머니와 형제와 친구를 떠난 서울 유학생활이 외롭고 허전했을지언정. 그 유학생활의 외로움을 다룬 이야기, 「분홍 보자기」로 옮겨가 본다.

「분홍 보자기」는 삶의 밑바닥에 무의식으로 가라앉은 슬픔이 어느 날 불쑥 모습을 드러내지만, 소녀시절의 아련한 상처를 통해 성년의 삶이 진정성에 도달하고 있음을 보여 주는 글이다. '열여섯 여고생'이었던 화자가 겪어야 했던 외로움. 매일 듣던 '엄마의 목소리'도, '따뜻한 밥상'도 없는 타지, 다정하게 이름을 불러 주는 친구도 없고, 억센 경상도 억양 탓에 이름 대신 '시골 애'로 불리었던 시절의 고독감이 묻어 온다.

화자가 궁여지책으로 준비한 '분홍색 인조견 보자기'는 화자의 결핍과 상처를 보듬어 주는 물체. 그것은 화자만의 '비밀의 방'이자 '은신처'다. 멀리 있는 어머니나 친구가 해 주지 못하는 위로를 그것이 대신해 주었던 것, 화자는 지금도 분홍 보자기를 통해 먼 시절의 상처에게, 그리움에게 말을 걸고 있는 것이다. 그러나 그 상처도 이제와 생각해 보니 절실한 그리움이어서 '성숙한 어른'이

된 지금, 오히려 그때의 그 감수성과 '눈물'이 그리워지기도 한다.

다홍치마, 초록저고리를 곱게 차려입은 나와 시어머님을 태운 지프가 달리기 시작했다. 도시인 부산과 경주를 벗어나니 울퉁불퉁한 길이 색시 엉덩이를 들썩였고 초여름의 훈풍은 새색시 저고리 앞섶까지 들쑤셔 놓았다. 신랑을 대신해 내 옆자리에 앉으신 시어머니는 흐뭇해하는 눈치셨으나 나는 문득문득 허전했다.(중략)

"저 집이 우리 집이란다."

시어머님의 손끝에 덩그런 기와집이 목을 빼고 있었다. 대문으로 막 들어서는데 마당 한쪽 외양간에서도 소가 목을 빼며 음~매 소리를 냈다. 왕방울만한 눈을 껌벅껌벅이는 것이 우리를 보고 하는 눈인사 같았다.

– 「새색시 회가 가던 날」

드디어 종부의 생활이 시작되는 회가. 시댁으로 가는 길의 묘사로부터 시작된 글은 잘 맞는 옷을 입은 듯 자연스럽다. 그뿐인가, 아기자기한 어휘와 비유가 마치 나비를 연상시킨다. '빨간 접시꽃이 반갑다고 활짝 웃고 있었다. 자동차 소리에 미리 나와 있던 개들은 왕왕 짖어댔다.' '안채 뒤편에는 울타리 대신 대나무가 촘촘했고, 설렁설렁 바람에 댓잎이 기와 위에 풍죽도를 치니, 졸라맨 새색시 치마 말기 속에 번진 땀이 절로 사라졌다' 등 나붓나붓한 언어는 앞으로 전개될 종부의 어려운 삶을 연상시키기는커녕 그 어두운 면까지 희석시키는 효과를 얻게 한다. 손씨 가문의 8대 종부로 살아간다는 것, 가문의 풍습과 예의범절을 지키고 시어른을 공경한다는 것, 남편을 하늘같이 모셔야 하는 것 등 책임과 도리가 묵직하게 얹어진 길이지만, 묘사된 구절들은 아름답다. 그것은 긍정의 마음 혹은 매사를 낙관적으로 들여다보는 화자의 심리상태에서 기인한 것이라 여겨지는데, 그 긍정성은 다음의 구절들에서도 엿보인다.

'유월의 금빛 해는 저물어 가고, 황혼이 물든 마을은 그곳 사람들의 눈빛처럼 포근하였다. 나는 그 가운데 서서 새롭게 시작되는 나의 인생을 가슴 벅차게 준비했다. 밤이 이슥해지자 몰래 우물가로 나왔다. 조그만 우물 속엔 하늘을 몽땅 옮겨다 놓은 듯 달님, 별님이 꽉 차 있었고 친정엄마까지 와 있었다.'(「새색시 회가 가던 날」)

아무리 시어른들이 잘해 주신다 한들, 남편이 알아서 챙겨 준다 한들, '종부'라는 자리가 어디 만만하겠는가. "시집온 지 겨우 다섯 달 만에 시어머님은 지병으로 세상을 뜨셨다. 새 며느리에게 집채만한 종부자리를 남겨 놓으신 채. 살림에 대해서는 천둥벌거

숭이였던 나에게 그건 너무 버거운 임무였다. 남겨진 건 그것뿐이 아니었다. 앞산만한 종갓집과 뒤뜰만한 살림살이도 그중 하나였다"(「고개를 들어요, 그리고」)는 구절에서도 능히 짐작이 간다.

화자는 자신의 갑작스런 신분 변화라든가 과중한 임무에 대해 부정적인 마음가짐을 갖지는 않은 듯하다. 오히려 슬기롭게 처신하고, 좌절하거나 버거워하지 않았다는 점이다. 물론 마음의 부담감이야 이루 말할 수 없었겠지만, 그것을 사사로이 드러내지 않는 과묵함과 책임의식은 지혜로운 종부의 모습을 보여 준다. 그 임무를 수행하는 데 많은 도움을 준 이들이 주변에 있어서일까, 화자의 긍정성은 주변 인물들의 삶을 보는 시각을 물려받은 듯하다. 어머니와 시어른과 남편 등 가장 가까이에 있는 인물의 일상이 고스란히 진실된 모습을 전달하고 있다.

친정어머니는 말씀마다 '남편을 하늘처럼 받들어야 한데이.' '남편이 왕이 돼야 니가 왕비가 되는기라' 하고 아내의 역할을 강조한다. 시어머니는 비록 짧은 몇 달이지만 손수 행동으로 종부의 역할을 보여 준다.

문득 시어머님의 오지랖에 있는 물건에 눈이 갔다. 그건 며칠 전부터 버리려고 작정했던, 황토로 만든 연탄아궁이 뚜껑이었다. 중간에 금이 가서 쩍 갈라지기 직전이었고, 아궁이를 덮고 열 때

거는 고리마저 겨우 붙어 있어 당장 버려도 아깝지 않을 정도였
다. 시멘트 부뚜막에 웅크리고 앉아서 금이 간 양쪽을 철사로 옭
아매시는 중이었다. 달랑거리는 고리도 실한 철사로 바꾸셨다.
수리된 뚜껑은 새것처럼 보였다. 그러고는 혼잣말처럼 하셨다.
"밥값은 해야제."

– 「밥값은 해야제」

'다소곳' 하지만 종부의 역할을 하기엔 아직 여린 며느리. 무거
운 책임을 맡기기엔 안쓰러워도 그 짐을 맡아야만 하는 며느리에
게 직접 몸으로 보여 주는 시어머님의 따스한 가르침은, 화자가
잠시 가졌던 '실망' 과 '불만' 도 사라지게 만든다. 부끄러움에 '얼
른 앞치마 밑으로' 손을 숨기게 되었다거나, 그동안의 '허영심' 이
숨는 순간이었다는 표현에서 어른 노릇의 지혜를 읽을 수 있다.
　'다섯 달 뒤 세상을 떠나' 신 시어머니. 왜 화자가 지켜보는 앞에
서 손수 행동으로 모범을 보였는지 화자는 그때야 깨닫는다. 그것
은 '백문이 불여일견' 이었던 것, '사람이 눈을 떴으면 눈뜬 값을
해야 하고, 밥을 먹었으면 밥값을 해야제' 라는 말씀은 화자가 살
아가는 데 '지침서' 가 된 것이다.

　우리는 더 이상 주인과 하인의 관계가 아닌 평등한 부부관계가

된 것 같다. 하지만 문득 남편이 자주 쓰던 '역지사지'란 말이 떠오른다. 하늘에서 추락한 그의 충격이 얼마나 클까 하는 생각에서 마음이 아프다. 세월이 많이 변했다고는 하지만 땅이 하늘과 맞장 뜰 수는 없는 일. 어서 빨리 팔이 나아서 스스로 머리를 감을 수 있었으면 좋겠다. 설사 내가 다시 하인 자리로 되돌아간다 해도 말이다. 어려운 일이 있으면 주인에게 묻고 그 지시에 따르면 만사형통이던 시절, 그때가 나에게는 춘삼월이었는데. 하지만 그런 날이 다시 오기를 기다리는 건 아니다. 다만 하늘은 다시 하늘의 자리로 하루빨리 돌아가기를 간절히 바랄 뿐이다.

-「고개를 들어요, 그리고」

화자 곁의 가장 중요한 인물은 아마도 남편일 것이다. 경상도 출신의 '종손'인 남편을 '주인'이나 '상관'으로 진술하지만, 그 속내를 들여다보면 내심 '후원자', '이해심' 많은 사람, '배려' 있는 '원만'한 사람으로 인식하고 있다. 그래서 '종갓집 안방에 참하게 안착'시켜 준 '하늘 같은 서방님'인 것이다. 엄함 속 부드러움과 무뚝뚝한 듯 자상한 남편. 그런 그가 어느 날부터 마음을 기대어 오면서, 앞으로만 달려갔던 남편에 대한 안쓰러움을 느끼게 되는 화자. 몸이 불편한 남편의 기를 살리고 싶은 깊은 사랑을 담고 있는 글은 가슴을 뭉클하게 한다.

물려받은 모성애는 가족애로 이어지고, 양가의 어머니가 손으로 빚어 낸 노동은 역동성이 되어 삶의 가치가 되었다는 이동순 수필가의 글들. 자신의 거울을 유심히 들여다본 이가 그리는 그림은 한없이 깊고 넓어 온전히 감동으로 건너온다.

인간의 내면적 관심사들은 어쩔 수 없이 사적인 영역을 가지게 마련이다. 그러나 그 사적인 영역들도 주위의 외적인 현상이나 사실들을 자신의 경험 속에 동화시킬 수 있을 때에만 감동을 획득한다. 가볍고 유연한 어법과 삶의 궁극적 문제들을 투시하고 이를 통해 주제의 무게를 덜어내야만 가능한 것이다.

그런 점에서 볼 때, 세 수필가의 글들은 신뢰성이 있다. 잔가지가 꺾여도 새잎을 틔워 내는 튼튼한 뿌리를 갖고 있는 글들은 삶의 지도가 새겨진 잎사귀를 달고 또 다른 길을 만들어 낸다. 글들의 중심에는 '공존'이라는 덕목이 자리 잡고 있어서 '깊이와 넓이', '일상과 이상', '세심함과 대담함'이 사이좋게 모여 있다.

감동은 물론 후련한 카타르시스를 전해 주는 글들은 현실과 아스라한 기억 저편에서 꺼내 놓는 다양한 빛깔의 진경이다. 그 진경들은 삶의 가치가 무엇인지 손수 보여 주고, 또 그것을 느낄 수 있는 소중한 기회를 준다는 점에서 높은 가치를 획득할 수밖에 없다.★